天孫降臨の時代

倭の国から日本へ 4

阿上万寿子
Masuko Agami

文芸社

目次

爾皇孫、就でまして治せ。
行矣。
宝祚の隆えまさむこと、
当に天壌と窮り無けむ。

『日本書紀』

一　事代主

紀元前七年。

高貴な少年を荒縄で背負い、長彦は馬を駆る。晩秋の山道。馬の足元で、積もった落ち葉が舞い上がる。梢越しに見上げる空に、薄雲が広がる。米子（よなご）を出てから、二日。もうすぐ津山だ。

津山に着いたら馬を返し、それから明石まで歩く。明石の港で船に乗り、河内へ。目指すは、河内の東、山並みに囲まれた「玉垣（たまがき）の内国（うちつくに）」。磯城彦（しきひこ）が待つ、磯城（しき）の地だ。

今のところ、追手が来る気配はない。少し冷静にならなければ。

長彦が背負っているのは、大国主の息子、事代主（ことしろぬし）。兄の建御名方（たけみなかた）とともに、出雲の後継者とされていた少年。国譲りを強いられた彼は、美保の海に身を投げた。その少年を救い上げ、高天原の手から守るため、長彦は馬を走らせている。

稲佐の浜で待つ高天原の軍勢には、事代主は海に沈んだと報告がいく手筈だ。だが、彼等が信じる保証はない。事の真偽を確かめようと、兵を差し向けるかもしれない。美保と稲佐は、同じ出雲の東と西。一刻を争う状況下、少年の意識が戻るまで待つ余裕はなかった。赤子のように背負い紐をかけているのは、そのためだ。

「お可哀想に……」

長彦の呟きに、小さな呻き声が応える。

「ん……」

ようやく意識を取り戻した事代主は、異常な状況に気づいた。誰かの背にきつく縛られ、馬の背にいる。身動きもできない。一体、何が起きているのか。頭が混乱し、ただ逃れようと、激しく身をよじる。

長彦は馬を止め、後ろを振り向いた。

「若様、お気づきですか?」

「長彦?」

事代主は動きを止め、戸惑いの声を出す。

「失礼とは思いましたが、馬から落ちぬよう、縄をかけました。すぐ、解きます。私につかまってください」

長彦が荒縄を緩めると、少年の手が両脇腹から前に延び、彼の胴を抱く。その腕に力が入るのを確認した長彦は、縄を解き外し、馬上から投げ捨てた。

「すまない」

少年が、小声で詫びる。

大国主から事代主を託されたのは、ついこの間のこと。命を懸けて守る覚悟の主人は、まだ子供なのだ。励ましの言葉が見つからず、長彦は、自分につかまる少年の手を、ぽんぽんと軽く叩いた。


馬は、再び進み始める。事代主は、長彦の背中にそっと身を寄せた。

「長彦、父上は、どうされただろうか」

そうだ。ワカヒコも殺された。高天原は、大国主様を一体どうするつもりなのか。

懸念を払うように、長彦は首を振る。

「事代主様、今は、ご自分が磯城まで無事辿り着くこと、それだけをお考えくださ
い」

「でも、父上は……」

長彦は、遮った。

「今は、若様のお命も危うい状況。どうか、出雲のことは心配なさらず、ご自分のこ
とだけを考えてください。それが、お父上のご意思です」

「わかった」

短く答えた少年の額が、長彦の背に押し当てられる。長彦も、泣きたい気持ちを抑
え、今はただ、馬を走らせる。

「若様、津山で馬を返すことになっています。歩けますか」

長彦の問いかけに、少年は、きっぱりと答えた。

「歩ける。大丈夫だ」

津山から明石まで歩き、明石の港で船に乗る。潮を待って出発した船は、淡路島の

北側をすり抜け、広い湾内を東へと進む。前方には、南から北へと延びる小高い台地。その台地の奥には、河内湾と呼ばれる入海が広がっている。

河内湾への入り口は、台地の先端、後に築かれる大坂城の北にある。満ち引きするときの潮の流れは、とても速い。その流れに乗った船は、河内湾の奥まで一気に滑り込む。

生駒山の麓、日下（くさか）の港で、二人は船を降りた。ここから、生駒の山並みを左に見ながら、南に向かって歩く。玉垣の内国は、この山並みを東に越えた所だ。二人は、二上山の手前、穴虫峠に続くなだらかな長い坂道を登って行く。

「若様、峠を越えれば、玉垣の内国です。我等が目指す磯城は、この真東辺り。もう少しです」

うっすらと汗をかいた顔で頷く少年に、微笑みかけた時だった。長彦の視界の端に、馬に乗った男達が現れた。男達は、こちらへ向かって来る。長彦は、身を固くする。日下の港にいた男。武人には見えなかったが、しきりにこちらを気にしていた。あの男が、どこかに通報したのだろうか。

蹄の音が近づく。長彦は、事代主を背後に隠し、自らも顔を伏せた。

「長彦殿！」

聞き覚えのある声に顔を上げると、先頭にいるのは、磯城彦だ。

身体の力が抜ける。

「磯城彦殿！」

長彦が呼び返すと、磯城彦は馬を止め、二人の前に飛び降りた。

「事代主様、私は、磯城を治める磯城彦です」

彼は、事代主を見つめる。端正な顔立ちの美しい少年。疲れ切り、薄汚れた庶民の恰好をしているが、それでも全身から気品が溢れ出ている。

「日下の港に着いた船に、美しい少年を連れた武人がいたと聞き、お二人だと思い、迎えに来ました。無事に来られて、本当によかった」

やはり、あの男が知らせたのか。長彦は、尋ねてみる。

「出雲の様子も、何か伝わっていますか」

「北の海沿いの道を、建御名方(たけみなかた)様の一行が駆け抜け、その後を、高天原の武人達が追っていたとか。越の国近くでの話です。おそらく、建御名方様もご無事でしょう。越の国は、母君、渟名川(ぬなかわ)姫様の国ですから」

「そうですか……」

「長彦殿は山道を選ばれて、良かった。海沿いの道を行かれては、高天原の武人達に追われるところでした」

「きっと、神が守ってくださったのだ」

二人の会話を黙って聞いていた事代主が、ぽつりと問うた。

「父上は、どうされただろうか」

磯城彦の顔が曇る。

「出雲で捕らわれておいでのようです」

思わず俯く事代主に、磯城彦は言った。

「若様、お父上は、長彦殿と私に若様のことを託された。高天原の軍勢が着く直前のことです。ご心配は無用です。この磯城彦、必ず若様をお守りします」

事代主は、父の強い思いを知った。国譲りを強いられ、自らは捕らわれの身となった、父。それでも、息子を守るために動いてくれていた。

もう、何も考えまい。父の意思に従おう。

事代主は、素直に頷いた。


磯城の地が近くなったときだった。長彦の身体に身を寄せ、黙って馬の背に揺られていた事代主が、はっと驚いた表情で顔を上げた。そして、前方の一つの山をまっすぐに指し示し、磯城彦に尋ねた。

「あの山は?」

磯城彦は内心大いに驚いたが、何食わぬ顔で尋ねた。

「若様、あの山が、どうかしましたか」

事代主の目は大きく見開き、その山に釘付けになっている。

「あの山から、大物主(おおものぬし)の神の声が聞こえる。出雲の神が、何故、ここにおられるのか」

磯城彦は、改めて事代主を見た。その目からは、涙が零(こぼ)れ落ちている。

「ああ、大国主様が言われた通りだ」

「父上が？」

「若様、あの山は、三輪山と申します。あの山に大物主の神がおられるのですね」

事代主は、こっくりと頷く。

長彦も馬を止め、後ろを振り向く。その長彦の両目からも涙が流れている。

葦原中国を治める大神、大物主。長彦は、その祭祀を司ってきた登美族の末裔なのだ。

「大物主の神は大国主様に、出雲から磯城の三輪山に移ると告げられたそうです。それで、若様をこの地へ送り届けるようにとのご命令でした」

事代主は、無言で三輪山に目を戻す。その姿に、磯城彦が声をかける。

「私が、麓に社を建てましょう。若様、どうか、この地に留まり、神を祀り、神に守られてお暮らしください」

事代主は、三輪山を見つめ続ける。大物主の神が、天神に葦原中国を譲られた。だから父上は、出雲を天孫に譲られたのだ。

神ご自身が譲られたのであれば、もう出雲に私の居場所はない。神に呼ばれた私は、母の国宗像（むなかた）へも帰れない。

私は、この地で生きていくしかないのだ。ひっそりと、息を殺して。神を祀りながら。

二　アマテル（天照）

年が明けた。

高天原の宮殿では天君タカギが一人、酒を飲んでいる。今朝、最後の息子が息を引き取った。数日前まで元気でいたのに、流行（はや）り病に侵され、あっと言う間だった。あまりに急で、実感がない。息子を亡くした妃が泣き叫ぶ声も、彼の部屋までは届かない。

高天原の天君の地位は、男系男子のみが継承できる。この二か月の間に、三人の息子が死んだ。後を継ぐべき息子も、葦原中国を統治させる息子も、もういない。残っているのは娘だけだ。

　いきなり部屋の扉が開き、山神族の長老が入ってきた。山神族は、天君の正妃を多く輩出する名家だ。酒の匂いに顔をしかめつつ、彼は言った。

「天君、今後、太子はどうするのですか」

　天君は、手にしていた杯を投げ捨て、笑い出す。

「私の最後の王子が死んだばかりだぞ。もうそんな話か」

　長老は、言う。

「笑っている場合では、ありませんぞ。王子を失い無念なのは、我々も同じだ。このままでは、アマテルの息子を太子にせざるを得ない。我等山神族にとっても、一大事なのですぞ」

　アマテルは、天君タカギの祖父である先々代天君ヨロズの二番目の正妃だ。ヨロズの異母弟イザナギの娘として、葦原中国で生まれ、八歳のとき高天原に来た。ヨロズの最初の正妃は山神族出身だったが千々姫を出産して亡くなり、アマテルは、その後の正妃になったのだ。

長老は、続ける。

「天君の座は天神族の血を引く男子のみが継承するもの。我等山神族の男は、天君にはなれない。だが、山神族とて、天神族が来る前から伽耶山を守り、この地を治めてきた名家。だからこそ、天君の正妃は、山神族から出してきた」

「そんなことは、わかっている」

「だが、アマテルは違う。しかも、アマテルの長男の忍穂耳は、山神族に反感を持っている。もし彼が天君になれば、我等一族は、大変なことになりますぞ」

長老の言葉を遮り、イライラと天君は答える。

「息子なら、また作る」

天君の顔は赤く、その息は酒臭い。長老は、厳しい声で言った。

「早く、そうなさいませ」


その翌日、アマテルは、天君の部屋に呼ばれた。顔を合わすなり、二人は互いの顔色の悪さに気づいた。

「天君様、心よりお悔やみ申し上げます。どうぞお身体をご自愛なさいませ」

アマテルの言葉に、座ったままの天君は苦笑する。

「アマテル殿こそ、随分お疲れのようだ」

そう、二人とも、やつれた姿をしている。

葦原中国を統治していた、出雲。その出雲を、高天原が派遣した経津主（ふつぬし）と武甕槌（たけみかづち）は、多くの血を流すことなく平定した。高天原に連行された大国主は、国譲りを承諾し、自ら命を絶った。

すべては、天君タカギの命令による。だが、アマテルも反対はしなかった。葦原中国の統治は、高天原の長年の悲願だったから。

「大国主の祟（たた）りだと、噂する者達もいるらしい」

「聞いております」

「私も、そなたも、元気だとは言えぬ。敵対していた我等が共犯者になり、共に祟りを受けるとは。笑えるではないか」

アマテルは、答える。

「私の具合が悪いのは、年齢のせいです。天君様も、王子様を亡くされたばかり。お疲れなのです。決して祟りではありません」

「そなたが、私の心配をしてくれるとは」

天君は、笑った。

「私が死ぬのを望んでいると思っていたが」

「なぜ、そのようなことを」

「少なくとも、そなたの息子、忍穂耳は、私が死んだら喜ぶだろう。私の息子は全員死んだ。残っているのは娘ばかりだ。私もこの通り、弱っている」

「すぐに、お元気になられます」

部屋に飾られた壺に描かれた鳥の絵を、タカギは、ぼんやりと眺めた。いつも鳥の羽で着飾っていた息子、少彦名（すくなひこな）。雄鶏（おんどり）のように胸を反らして歩いていた。

「祟るとしたら、少彦名だろう。認めて欲しいと願っていた父親に殺されたのだから」

「父親に祟るなど……」

苛立たし気に、天君が遮る。

「アマテル殿、私に優しい素振りを見せても無駄だ。私は、そなたの息子を天君にはしない。絶対に」

天君は、両の肱掛けを掴み、口元をゆがめ、アマテルを見上げる。血の気が乏しい顔の中で、黄色味を帯びた白目だけが血走っている。

「労（いたわ）りの言葉などいらぬ！　忍穂耳に伝えよ。天君の地位は、絶対に渡さぬと！」


そして、重臣会議が開かれた。

「大国主が譲った葦原中国が、放置されている。新たな統治者を、早急に派遣せねばならぬ」

天君の言葉に、誰も何も言わない。今日も天君は酒臭い。視線を合わさぬ重臣達の顔を、彼はぐるりと見回す。

「本来であれば、私の王子を派遣するところだ。だが残念ながら、皆が知る通り、私の王子達は全員死んだ。今や、葦原中国の王にふさわしいのは、ただ一人」

そこで、ゆっくりと右腕を上げ、まっすぐに指でさす。

「ここにいる、忍穂耳だ」

「仰せの通りでございます」

すぐさま賛同の声がする。山神族の長老だ。彼の言葉を受け、居並ぶ列席者達が、一斉に頷く。

当の忍穂耳は、発言を求める。

「天君、葦原中国へは、すでに、私の弟ホヒが行っております」

「ホヒは、腰抜けだ。奴では務まらぬ。魔性の国、葦原中国を統治できるのは、もっと強い男だ。我が強い、権力欲が強い、他人の物を欲しがる、そんな強い男だ」

天君の皮肉に、山神族の重臣達の間から、追従の笑いがおきる。天君タカギは、重ねて言った。

「忍穂耳、これは命令だ。葦原中国へ行け！」

怒り心頭の忍穂耳が、母アマテルの元へ向かっていた頃、彼女は自分の部屋で、大国主の穏やかな微笑（ほほえ）みを思い出していた。胸の痛みは、少し鎮まった。胸全体が幅広い布で巻かれ、そのまま締め付けられるような、そんな痛み。首筋も顎（あご）も固く強張（こわば）る。歯が浮くかと思う程の強い締め付けが緩むまでの時間も、少しずつ長くなってきている。私の命も、それほど長くはない。

アマテルは、何度も考えた。大国主は何故、あっさりと国を手放したのだろう。国だけではない。自分の生命（いのち）さえも。答えは、出ない。

葦原中国には、何か得体の知れないものがある。皆、その得体の知れないものに呑まれてしまったのか。母も、兄ヤマツミも、弟スサノオも、次男ホヒも、大国主も。傍にいて欲しかった父も葦原中国へ行き、そのまま帰ってこない。

「母上！」

忍穂耳の声に、アマテルは我に返った。部屋に入ってくるなり、息子は訴える。

「葦原中国へ行けと、命令が下りました。これは、陰謀です！」

アマテルは、穏やかに応（こた）える。

「大国主が亡くなり、出雲は混乱している。ホヒでは、抑えきれないそうだ。我等天神族より統治者を送るとなると、一番相応しいのは、確かに忍穂耳、そなたかもしれない」

「母上！」

「お前は、葦原中国へ行くのは、それほど嫌か？」

アマテルの素朴な問いかけに、いきり立っていた息子の気持ちも、少し落ち着く。

「私の正妃、千々姫は、天君の娘。高天原から出たことがない妻に、物の怪が横行するという葦原中国での生活は、無理です」

アマテルは、頷いた。忍穂耳と千々姫には、二人の王子もいる。兄は、饒速日（天照国照彦火明櫛玉饒速日命）、弟は、ニニギ（天饒石国饒石天津彦火瓊瓊杵尊）である。

「お前の心配は、もっともだ」

忍穂耳の顔を見つめて、母は言った。

「だが、この地も、もはや安泰とは言えない」

「高天原の権威は衰退しています。残念ながら、倭人達の結束も弱まっている」

「そうだ。高天原にとっても、我等天神族にとっても、葦原中国を確保することは、大切な仕事なのだ」

「母上、私は、次の天君。高天原を離れる訳にはいきません。葦原中国へは、我が息子ニニギを遣わしましょう。ニニギは、次男。ここにいても、天君にはなれない。それに、新しい国には、若い王が似合う」

　アマテルは、考える。

「それもよい考えかもしれぬ」

　そして、若い孫が呼ばれた。

「お二人が良いとお考えでしたら、従います。葦原中国へは、私が参ります」

　そう言い切ったニニギは、十六歳の美しい若者だ。

　かつて、葦原中国へ渡ったとき、父イザナギも母イザナミも十代だった。二人とも、このような初々しい姿であったのだろうか。

　アマテルは祖母の顔になり、優しく言った。

「行きたくなければ、そう言ってもよいのだぞ」

ニニギは、胸を張る。

「今の天君には、息子がいません。このまま王子が生まれなければ、父上、そして兄上が、高天原の天君です。平定されたばかりの葦原中国は、私にお任せください。私も天神の血を受け継ぐ者。立派な国を作ります」

アマテルは、微笑んだ。

「では、そなたに頼むことにしよう」


話を聞いた天君タカギは、叔父である重臣オモイカネを呼んだ。

「アマテルが、忍穂耳のかわりに、奴の次男のニニギを出すと言ってきた」

「了承したのですか？」

「考えてみれば、忍穂耳は、私と同年代。次の世代の天君候補が一人いなくなる方が、よいかもしれぬ」

天君は、ふっと笑った。

「それにしても、代案が出せるとは、うらやましい話だ。私の息子は死に絶えた。一つの案すら出せない」

「天君……」

オモイカネの労りの表情を突き放すように、天君は言った。

「叔父上、嬉しいか。私が死んだら、叔父上にも天君になる機会が巡ってくる」

「天君、何を言われます」

「民達は、ずっと、私の父より弟の叔父上に天君になって欲しいと願っていた。新羅（しらぎ）が栄え、高天原が衰退したのは、父や私のせいだとさ」

「そのような噂を気にされてはいけません」

天君は、笑う。

「噂？　皆が言っていたことは、否定しないのだな」

「天君……」

「確かに、天神族の権威は低下している。私には、もう娘しかいない。それでも私は、アマテルの息子や叔父上に位を譲りたくない。おかしいか」

天君の両目は、次第に血走ってくる。

「アマテルには、五人も息子がいる。その忍穂耳達にも息子がいる。叔父上にも、息子が二人。神は、どこまで私に冷たいのか」

彼は叔父から目をそらし、唐突に言った。

「叔父上、葦原中国へ行ってください」

オモイカネは、天君の顔を見返す。

「理不尽と言われても構わない。正直に言う。私は今、体調が悪い。私が死んで、叔父上が天君になるなど、考えただけで耐えられない」

「そのようなつもりは、ありません」

「いや、山神族の連中は、そう考える。忍穂耳が天君になるより、ずっとましだからな。そうだな。叔父上は、きっと辞退される。そして、忍穂耳が天君になることには、反対しない」

オモイカネは、甥の顔を見つめる。何かに追い詰められ、とり憑かれたような表情。落ち着きがない仕草。これでは「祟り」と噂されるのも無理はない。

穏やかで身体が弱かった兄、太子。タカギが生まれたとき、どれほど喜んでいたことか。健康に育つ息子の姿を、いつも嬉しそうに見つめていた。

オモイカネは、静かに言った。

「わかりました。私の最後の御奉公です。葦原中国へ参りましょう」


オモイカネの息子は、ウワハルとシタハルという。

「天君は何故これほど、父上に酷（ひど）いのか。叔父でありながら忠臣として尽くしてきた父上に、葦原中国へ行けとは」

声を揃えて嘆く彼等を、オモイカネは宥（なだ）めた。

「そう言うな。葦原中国へは、一度行ってみたかったのだ」

そして、彼の足は、自然にある場所へと向かう。もう一人、別れを告げておきたい人がいる。

「アマテル殿」

オモイカネの声に、アマテルは振り向いた。

彼女の部屋の卓上には、大きな勾玉（まがたま）、八咫鏡（やたのかがみ）、そして、立派な剣（つるぎ）が並んでいる。

オモイカネの視線を辿り、アマテルは、微笑んだ。

「ニニギに持たせようと思って」

「その鏡は……」

オモイカネの視線は、八咫鏡の上で止まっている。

「あの時の鏡ですね」

「覚えていますか」

アマテルは、鏡の縁についた傷をそっと指で撫でる。

そうだ。この鏡は、アマテルが岩屋にこもったとき、オモイカネが祭壇に掲げた鏡。

「あのとき、岩屋の隙間から最初に見えたのは、私の姿を映す、この鏡でした。自分のことで頭が一杯の、現実から逃げ出そうとしている、感情に押し流された若い女の顔」

アマテルは、鏡を手に取った。

「あのとき、二度と岩屋に逃げ込むなと、あなたが言ってくださった。国事を放棄してはいけない、自分の使命を果たせと」

「アマテル……」

「私が進むべき道を示してくれた、この鏡。あのとき掲げた勾玉。そして、スサノオが私に捧げた剣。国を思う心が込められた、三つの宝。これらはきっと、天孫を守り続けるでしょう」

そっと鏡を戻すアマテルに、オモイカネは声をかける。

「アマテル殿、今日は、別れの挨拶に伺ったのです。私も葦原中国へ行くことになりました」

アマテルの動きが、一瞬止まる。

振り返った彼女の顔は、少女のように不安げだ。

「……オモイカネ様、あなたが何故？」

「天君の命令です。天君の心が少しでも落ち着くならば、私も本望です。どうか、お元気で」

オモイカネとアマテル。七歳と八歳で出会ってから、五十五年の月日が過ぎた。ともに年をとった。神童と呼ばれた二人の輝かしい子供時代も、役目を背負った困難な時代も、すべて過去に流れ去った。

軽く頭を下げ、立ち去りかけたオモイカネは、ふと立ち止まり、振り返った。

「アマテル、あなたが生まれ育った葦原中国を、一度見てみたいと思っていました。この年で、ようやく願いが叶いました」

アマテルは、言葉を返すことも忘れ、ただ立ち尽くしている。オモイカネは、優しく言った。

「あなたが、父を守り、高天原を守るために、生涯を捧げてくれたこと、私は忘れません。あなたの大切なニニギ殿を、力の限りお守りします」


そしてニニギは、天神の正式な後継者になった。皇祖神の御霊（みたま）を宿す衣で身体を覆う、降霊の儀式が行われたのだ。出発の日には、ニニギ達を見送るため、天君や重臣達が神殿に集まった。

ニニギと共に行くのは、オモイカネだけではない。新しい国の運営を支えるべく、祭祀を担う五人も任命された。中臣（なかとみ）氏の祖となる天児屋命（あまのこやねのみこと）、忌部（いんべ）氏の祖となる太玉命、猿女の祖となる天鈿女命、鏡作りの祖となる石凝姥命、玉作りの祖となる玉屋命。いずれも、アマテルが天岩屋に籠ったときにも活躍した、年配者達だ。

警護を担うのは、大来目を頭とする来目の兵士達。彼等を率いるのは、天忍日命。大伴連の祖となる彼は、立派な防具で身を覆い、背には矢入れを、手には弓を、腰には太刀を着けている。

アマテルは壇上に立ち、神勅を告げた。

「葦原の千五百秋の瑞穂の国は、天神の子孫が治めるべき国である。天孫、ニニギよ、この国へ行き、治めよ。いざ行け。神の加護を受け、豊かに栄えよ。まさに天地に限りなく、我等の国に幸あれ！」

「おお！」

一行は呼応し、来目の兵士達は、勇ましく拳を突き上げる。端から順次歩み出し、列席者の間を進み行く彼等を、アマテルは壇上から見守り続ける。

愛しい孫、ニニギ。その誇らし気な勇姿。彼の後ろを歩く、オモイカネ。白髪が増えた髪。背筋を伸ばしたその姿は、昔と変わらず、凛としている。

一行は扉を抜け、外の石段を下りていく。表には、見送ろうと大勢の人々が待っている。賑やかな歓声に包まれながら、石畳が敷かれた道を彼等は進む。そして、門をくぐり抜け、そのまま遠ざかって行く。

一行の姿が視界から完全に消えると、アマテルの両足から、ふっと力が抜けた。彼女は、傍の椅子の背を掴みながら、椅子とともに崩れ落ちた。

「母上！」

忍穂耳が駆け寄る。

人々も集まって来る。

「アマテル殿！」

「誰か、一行を呼び戻せ！」

そう叫ぶ息子を、アマテルは制した。

「いけない、忍穂耳。行かせよ」

「しかし、母上……」

「忍穂耳、お前がニニギに伝えよ。宝の鏡を見るときには、祖母アマテルを見るがごとくせよ。床（ゆか）を同じくし、殿（おおとの）を共にして、斎鏡（いわいのかがみ）とすべし、と」

そう言い終えた途端、アマテルは、喉元を押さえ、床の上にくずおれた。

苦しい。胸が締め付けられる。

また、大切な人が、葦原中国へと去って行く。

「母上、しっかりしてください。すぐに侍医（じい）が参ります！」

忍穂耳が、叫ぶ。

アマテルの固く閉じた瞼（まぶた）の向こうには、明るい光景が広がっていく。美しい母、凛々しい父、そして兄弟達。朗らかな笑い声。淡路島での懐かしい生活。幸せだった幼い日々。

忍穂耳の腕が母親を抱き起こす。温かく力強い、頼もしい息子の腕。

「侍医は、まだか！」

母イザナミを失い、失意の父と共に、ここ高天原に渡った。笑いを失った家族。泣いていたスサノオ。海鳥たちの鳴き声。波に軋（きし）む船の音。そして、なすべきことを行い続けた日々。

ようやく終わりに近づいているのだ。この長い人生が。長い長い、忍耐と努力の日々が。

「母上！　目を開けてください！」

息子の声に応え、ゆっくりと開いたアマテルの両目は、遠くを見つめている。彼女は、微かに呟いた。

「葦原中国よ……」

忍穂耳は、愛する母親の身体を、ただ強く抱きしめていた。

三　ニニギ（瓊瓊杵尊）

高天原を出発したニニギの一行は、洛東江を船で下り、金海の港から海に出る。早春の風は、冷たいが、天候に恵まれ、波も穏やかだ。

対馬（つしま）に着くと、対馬を治める豊玉彦（とよたまひこ）が港で出迎えた。彼は、アマテルの兄ワタツミと、対馬の姫君の息子。忍穂耳の従兄弟（いとこ）にあたる。ニニギ一行は、温かいもてなしを受け、さらに壱岐(いき)へと渡る。

壱岐の島は、芽吹き始めた柔らかな緑に包まれていた。

「明るく気持ちが良い所だな、壱岐は」

ニニギの言葉に、オモイカネが応える。

「アマテル様の弟君、ツクヨミ殿は、ここでお過ごしでした」

「ツクヨミ殿が？」

「月を読み、潮を読み、暦を作られ……」

その時、突然、叫び声が響いた。

「逃げてください！」

こちらへ駆けてくるのは、先に様子を見に行った従者だ。

「恐ろしい男が、向かって来ます！」

警護を担う大来目が、問う。

「恐ろしいとは、どんな男だ！」

「真っ赤で鼻が長く、口の両端はテラテラ光り、見開いた両目は、ホオズキ色。あれは、化け物です！」

ぜいぜいと息をつきながら、従者は答える。

「名前を聞いたか」

「無理です！　あの目は蛇の目、魔物の目。話などできない。早く逃げてください！」

従者が訴えている間に、周囲の者達が騒ぎ始めた。

「ニニギ様、あれを！」

彼等が指さす方向を見れば、確かに異様な姿の男が近づいて来ている。その男の目は、蛇のように見開き、太陽の光を映して、鏡のごとくぎらぎらと輝いている。

従者達は皆、慌てて両手で目を覆い、背を向ける。来目の武人達でさえ、脚がすくんで動けない。

「うわっ！　こちらへ向かってくるぞ！」

「助けてくれ！」

「目を合わせるな！」

「恐ろしや！」

あまりに情けない一同の姿に、ニニギも思わず声を荒げる。

「誰か、対峙(たいじ)できる者はいないのか！」

オモイカネが答える。

「天鈿女を行かせましょう。魔物の目力に打ち勝てるのは、彼女だけです」

身体を強張らせたまま、全員が激しく頷く。

「そうだ、天鈿女しかいない！」

男達の視線を一身に受け、天鈿女は、両手を腰にやり、胸を張った。五十代になった今でも色気にあふれた、艶やかな熟女だ。

「情けないね。まったく」

「鈿女、どうだ。行ってくれるか」

ニニギの問いに、彼女は答える。

「男の方々が皆恐ろしくて近寄れないと言うのなら、私が行くしかないでしょう」

「お前、怖くはないのか」

男達の震える声に、鈿女は、ケラケラと笑う。

「この鈿女、恐れるのは、天の神のみ」

そして、腰を左右に振り、豊かな胸をゆらしながら、怪人の前へと進んでいく。

彼女は、男の前まで進むと、胸元をはだけ、足を開いて立ち、少し顎をあげ、妖艶(ようえん)な笑みを浮かべて、男を見た。そのあまりの艶やかさに、男は圧倒されている。

「お前は、何者だ。我等の行く手を遮るとは。高天原の天孫(てんそん)が来られたと知ってのことか」

「私は、葦原中国の猿田彦(さるたひこ)だ」

怪人は、思わず普通に答えている。彼女の色気に心を奪われ、神通力が弱まっているらしい。

「天孫が来られると聞き、出迎えに来たのだ」

鈿女は、男の全身を上から下まで、見定めるようにじっくりと眺める。

「それなら、若様にご挨拶せよ。お前、私について来い」

恐ろしい姿の怪人を後に従え、天鈿女は戻ってきた。怯(おび)える男達の真ん中を突っ切って、そのままニニギの前まで歩み寄る。

「若様、この男は、葦原中国の猿田彦。出迎えに来たそうです」

「出雲へ案内してくれるのか」

オモイカネが尋ねると、猿田彦は、首を横に振った。

「今、出雲へ行くのは危険だ。お前達は、出雲の大国主（おおくにぬし）を殺した。皆、良くは思っていない」

「では、別の国へ案内するのか」

「どの国も、お前達を警戒している。葦原中国も、筑紫の倭人諸国も、玉垣の内国も。少しでも隙を見せれば国を奪われると、皆警戒している」

オモイカネは、そっとニニギの横顔を見る。ニニギの表情は強張ってきている。オモイカネは、猿田彦に問うた。

「そう言うお前の国は、どこだ」

「俺の国は、伊勢だ。葦原中国の東の先だ」

「では、我々を、その伊勢に案内せよ」

猿田彦は、また首を横に振る。

「伊勢に帰るにも、葦原中国を通る。お前達全員を連れて行くのは無理だ」

「若様、一旦、高天原へ帰りますか?」

オモイカネの問いかけに、ニニギは、きっぱりと答える。

「それでは、高天原が葦原中国統治を諦めたと思われる。葦原中国は、倭人の国。我等天孫が治めるべき国なのだ。このまま帰るわけにはいかない」

そして、猿田彦に問うた。

「どこか、我等を受け入れる国はないのか」

猿田彦は、少し考える。

「筑紫の倭人諸国の南に、大山祇殿ゆかりの国がある。大山祇殿は、アマテル殿の兄上。あそこは、天孫の味方だ。今は、南に行かれよ」

そして突然、天鈿女の腕を掴んだ。

「私の素性を明かさせた、この女。お前は、私と一緒に伊勢に来い」

ニニギは、天鈿女の顔を見る。

「しょうがないわね」

平然と腕を掴まれたまま、彼女は肩をすくめる。

「彼女がよければ、一緒に連れて行け」

ニニギの言葉に、猿田彦は満足気に笑う。

「お前は、今から私の相棒だ。私の名を受け、天猿女（あまのさるめ）と名乗れ。我等は東に行き、伊勢で天孫を待つ」

そうして、天猿女と名を変えた鈿女は、怪人猿田彦とともに伊勢へと旅立ち、ニニギの一行は、南へと向かった。


有力な倭人国家イト国を目の前に見ながら、船は西南に回り込み、そのまま南へ進み続ける。

多くの島々が点在する、美しい海だ。だが、周囲の陸地も島々も、海の間際まで緑の山が迫っている。田畑も人家も、全く見えない。たまに漁をする小舟を見かけるが、距離を保ち、近寄ろうとはしない。

一行の意気揚々とした気分は、次第に萎えていった。

「海からすぐに山ばかり。米が作れる平地など、どこにもないではないか」

「どこまで行っても、陸のない尾根と海だ」

重苦しい雰囲気をほぐそうと、誰かが洒落(しゃれ)を言う。

「肉のない骨と皮だ！」

誰も笑わない。

島や半島の間を抜けながら、船は南へ南へと下っていく。

「どこまで行けばよいのだろう」

ため息をつくニニギを、オモイカネが励ます。

「猿田彦が言っていた、大山祇殿ゆかりの国を探しましょう。天孫を迎え入れる国があるはずです」

「そうだな」

ニニギは、オモイカネの提案を受け入れた。

「行ける所まで、行ってみよう」

どのくらい行っただろう。ようやく平地が見えてきた。

「あそこに船を着けましょう」

とりあえず船を着け、目の前の浜辺に降りてみる。だが、ここがどこかもわからない。

「ここが、倭人諸国の南の果てだろうか」

一行は途方に暮れ、ただ辺りを見回している。

その時、数名の供を連れた男が、ニニギ達の前に現れた。

「高天原の御一行とお見受けしましたが」

落ち着いた感じの男だが、供の者達は、武装している。

大来目が、身構える。

「何者だ！」

男は、丁寧な口調で答えた。

「私は、この辺りを治める、事勝国勝長狭（ことかつくにかつながさ）と申します。皆は私を、塩土老翁（しおつちのおじ）と呼びます」

「老翁（おじ）？」

男は、とても年寄りには見えない。彼は、笑った。

「物腰が年寄り臭いと、そう呼ばれているのです」

天忍日が問う。

「お前は、このお方がどなたか、知っているのか」

「高天原の若君、ニニギ殿とお見受けしましたが」

今度は、オモイカネが尋ねる。

「倭人諸国の人々は皆、我々を遠巻きにしていた。お前は何故、声をかけるのだ」

塩土老翁は、落ち着いた物腰で答える。

「私は、葦原中国で生まれた、イザナギの息子。恐れ多くも、アマテル様は、私の腹違いの姉君。その大切な御孫様をお助けするのは、当然のこと。ましてや、ニニギ様は、私の父が生涯の使命としていた大業を実現するために来られた方。微力ながら、お力になりたいのです」

一行の緊張が解けていく。猿田彦が言っていた国は、ここなのか。

「若様、いかがいたしましょう」

オモイカネが問うと、ニニギは黙って頷いた。その顔には、安堵の色が浮かんでいる。長い流浪の旅が、とりあえず終わるのだ。出雲でなくても、良いではないか。

ニニギの意思を確認し、オモイカネは言った。

「イザナギ殿の御子とは知らず、失礼しました。是非、お力を貸していただきたい」

塩土老翁も頷く。

「承知しました。大国主殿の死後、各地で主導権争いが起きています。この辺りは、僻地ではありますが、僻地ゆえに安全。物騒な時期が過ぎるまで、この地で力をお付けください」

そして、一行はそのまま、塩土老翁の屋敷に案内された。屋敷では、山の幸、海の幸がふるまわれ、酒も並ぶ。皆が久しぶりにくつろぎ談笑する姿を見ながら、ニニギは、塩土老翁に尋ねた。

「このような豊かな生活、老翁殿は、どのようにして生計をたてておられるのか」

「この地は暖かく、野菜や海の幸等、食べる物には不自由しません。また、良い塩が採れ、その塩は交易に使えます」

「そうですか……」

不意に、塩土老翁が言う。

「ニニギ殿、よろしければ、この土地を差し上げましょう」

「え？」

驚くニニギに、塩土老翁は続けた。

「いずれは葦原中国を治めるにしても、今は、生活する場所が必要でしょう。どうぞ、この場所をお使いください」

ニニギは素直に頭を下げた。


翌日から、塩土老翁に案内され、ニニギ達は周囲を見て回った。

煙を吐く山、煙を吐く島、濃い青色の海。濃い緑の木々。頬を紅潮させ、ニニギが呟く。

「高天原とは、別世界だ」

塩土老翁は、笑う。

「ここは、イト国の勢力圏の南側。この一帯は、吾田（あた）と呼ばれています」

塩土老翁の屋敷から西に進むと、美しい海岸に出る。透き通った水の下に白い砂地が広がる、遠浅の浜辺だ。穏やかな水面は、陽の光を受けてゆらゆらと輝いている。

「ここは、なんという所だ？」

「吹上浜（ふきあげはま）と呼ばれています」

ニニギは、ため息をつく。

「なんと美しい浜辺だろう。まるで夢のようだ」

その光景を眺めながら、馬の背で揺られていると、水辺に立つ一人の乙女の姿が見えてきた。白い服を着た彼女は、長い黒髪を緩やかにたばね、素足のまま、踝（くるぶし）まで水に入っている。

一行に気づき、振り向いた乙女の顔を見て、ニニギは、はっとした。卵型の小さめの顔、はっきりとした目鼻立ち。陽に焼け引き締まった、のびやかな身体。後れ毛が風に揺れている。これほど魅力的な乙女は、見たことがない。

ニニギは、彼女に目を奪われながら、その傍を通り過ぎる。二重瞼の大きな瞳が、ニニギ達を見送った。

それからニニギは、美しい乙女が忘れられない。新しい国造りに思いをはせながらも、気が付くと、彼女のことを考えている。

そして、田植えも終わった頃、ついに、あの乙女と再会することができた。吹上浜から南に下った、吾田の長屋の笠狭岬(かささのみさき)、後に野間岬と呼ばれる場所でのことである。海へと続く野原には、美しい花が咲き乱れている。赤紫の斑点が美しいユリの花だ。華やかでありながら、凛としている。

「このように美しい花は、始めて見る。この花は、なんという名だ？」

同行していた塩土老翁が微笑む。

「地元の者達は、『鹿の子(か)ユリ』と呼んでいます。滑らかな手触りと斑点の模様が、鹿の子に似ているからです」

「鹿の子ユリか……」

その時、野原の向こうに、あの乙女の姿が見えた。髪をきれいに結い上げ、髪飾りをつけている。巫女の服装を身に着けた乙女は、浜で見たときとは、また別の美しさだ。彼女は、海に臨む丘に登って行こうとしている。

ニニギは、馬から飛び降り、近くのユリを一本折り取ると、乙女の後を追った。小高い丘を駆け上ると、その頂上には、小さな幡屋（はたや）が建っている。その幡屋に入ろうとしていた乙女は、走り寄るニニギに気づき、振り向いた。

「これを……」

息を切らした美しい若者が、声をかける。差し出した手には、鹿の子ユリが一本握られている。

「私は、ニニギ、天饒石国饒石天津彦火瓊瓊杵尊（あめにぎしくににぎしあまつひこほのににぎのみこと）。高天原から来た天孫だ。あなたは、どなたですか」

乙女は、差し出された鹿の子ユリを受け取った。

「私は、大山祇の娘、吾田の鹿葦津姫（かしつひめ）、またの名を、木花開耶姫（このはなのさくやびめ）と申します」

猿田彦が言っていた、天孫の味方大山祇ゆかりの国。彼女が、その国の姫君と知り、ニニギの顔は、喜びに輝いた。

「大山祇殿の姫君だったのか。私達は、縁続きだ。木花開耶姫、私の妻になってください」

いきなりの求婚に戸惑いながら、乙女は答える。

「私には、まだ結婚していない姉がいます。婚姻のことは、父にお話しください」

そして、大山祇の元へ、すぐさま使いが差し向けられた。彼は大いに喜び、多くの結納の品をそろえ、二人の娘を連れて、ニニギの屋敷へ出向いた。

「葦原中国に天神族の国を作ることは、我等の長年の願い。ニニギ殿、ようこそおいでくださいました。私の娘、磐長姫と木花開耶姫です。娘達を、どうか末永くよろしくお願いします」

七十歳を超えた大山祇は、白くなった頭を深々と下げる。ニニギの視線は、大山祇の頭を飛び越え、その後ろで畏まる木花開耶姫一人に釘付けだ。

盛装した木花開耶姫は、天女のように美しく輝き、ニニギの胸は誇らしさで一杯になる。隣にいる磐長姫の姿は、ニニギの目には入らない。愛する姫を見つめたまま、ニニギは一言答えた。

「姉は、いらない」

周囲の者達がざわついたが、ニニギは構わず続ける。

「妹だけでよい」

娘達の父親は顔を上げ、穏やかに言う。

「ニニギ殿、一人を選ばなくてよいのです。この国では、妻は何人でも持てるのです。娘達の衣食住の世話は、私共がいたします。どうか、ご心配なく」

大山祇の背後では、従者達がしきりに頷き、ニニギの翻意を求めている。そんな様子を、ニニギは気にもかけない。

「私が妻にしたいのは、木花開耶姫だけだ。大山祇殿、磐長姫は連れて帰られよ」

公衆の面前で拒絶され、うつむく磐長姫の顔は真っ赤に染まっていく。隣に並ぶ木花開耶姫の顔も、みるみる強張る。

大山祇は、告げた。

「ニニギ殿、木花開耶姫は、確かに華やかで美しい。妹に比べれば、磐長姫は平凡に見えるかもしれない。けれども、花の命は短いが、岩の命は長い。二人は、繁栄と長寿の象徴。どうか、二人とも妻にして、両方を得てください」

　黙っているニニギに、大山祇は重ねて言う。

「彼女達の母方の一族は、この吾田の地で大きな力を持っている。二人を妻にすれば、安定した勢力を得るのです。新しい国の王となるべき方、よくお考えください」

　ニニギは大山祇に目を移し、きっぱりと答えた。

「私は、木花開耶姫を愛している。親の勢力目当てではない。姫と二人で力を合わせて、新しい国を築くのだ。磐長姫は、いらない。連れて帰られよ」

　ニニギの決意が固いことを悟り、大山祇は、木花開耶姫だけを残し、磐長姫を連れ、結納の半分を持って引き上げて行った。

　帰り道、泣き続ける磐長姫を見ながら、大山祇は嘆いた。

「人前で若い娘に恥をかかせるとは。人の心がわからぬお方だ。まだ若く世間知らずとはいえ、これでは、国を治めることは難しいであろうよ」


　夜が来るのが待ち遠しかった。

準備が調ったと聞き、ニニギは木花開耶姫が待つ寝所へと向かった。扉を開くと、寝床の傍に侍る彼女が見える。身を固くしているが、輝くような若さと美しさが、全身から溢れ出ている。

ニニギは、姫の元へ駆け寄り、膝をついた。

「姫、覚えていますか？　あの美しい浜辺で、初めて出会ったときのことを」

大きな潤んだ瞳が、彼を見上げる。

「若様は、馬に乗っておいででした」

「そうだ。馬から飛び降りて駆け寄りたかったが、供の者達と一緒で、できなかった」

「何度も振り向いておいででした」

「あれから、何度も後悔した。声をかけ、名前を聞いておけばよかったと」

ニニギは姫の傍に座り、その手をとる。

「ずっと探していた。何度も浜辺へ行ってみた。ようやく会えた」

「ニニギ様……」

「笠沙の岬では、本当に馬から飛び降りた。丘も登った。走って追いかけた」

ニニギは、少し笑う。唇が乾いている。喉もからからだ。

互いの鼓動が聞こえそうだ。

「本当に、綺麗だ。あのユリの花のようだ」

ニニギは、姫の身体を抱き寄せる。

美しい若者の熱い言葉が、耳元に注がれる。

「ずっと会いたかった。私の妻になってくれて、本当に嬉しい。いつまでも二人で、ずっと一緒に生きていこう」

父や姉への気遣いも、胸の奥のわだかまりも、すべて溶け、流れ去っていく。


翌日、朝の最初の光の中で、木花開耶姫は、隣で眠る若者の顔を見つめていた。甘い少年の面影が残る、清らかな面立ち。ひどい言葉で姉を傷つけた人とは、思えない。ただ、正直な人なのだ。今は、疲れ果て、穏やかな寝息をたてている。

この辺りの若者達にはない、特別な輝き。姉も一緒に受け入れてくれたら良かったのに。そうしたら、堂々と傍にいられたのに。

姫は、そっと身を起こす。最初から断る道もあった。姉が傷つけられたときに、怒って席を立ってもよかった。けれども、それはできなかった。この人の傍にいたかった。たった一夜であっても。

夜が明けていく。身支度を整えながら、姫は、ニニギの姿を見つめ続ける。無防備に放り出された、形のよい手足。少しだけ開いた愛らしい口元。汗ばんだ顔に、美しい髪が降りかかる。

私は忘れない。きっと、一生。

寝床を離れながら、姫は何度も振り返った。音を立てぬよう気を付けながら、同時に、彼が目を覚まし、呼び止めてくれるのを待っている。

ニニギが目を覚ました時には、愛する姫の姿はなかった。姫が残したぬくもりも消えていた。

それからふた月が過ぎた。木花開耶姫は、懐妊していることに気づいた。

吾田の屋敷に戻って数日は、ニニギが連れ戻しに来たらどうしようと、落ち着かない日々を送っていた。だが、彼は訪ねて来なかった。その後は、彼からの便りが届くことを、半ば恐れ、半ば待ち望んで暮らしていたが、やはり何の音沙汰もない。

子供ができたことを伝えるか迷っている間に、木花開耶姫のお腹はどんどん膨らんでいく。

やがて臨月を迎えた彼女に、父、大山祇は言った。

「姫よ、産む前に、ニニギ殿にお知らせしておくべきではないか」

木花開耶姫は、答える。

「お父様、不安なのです。あの方は、一度も私を訪ねて来ない。一夜を共にしていながら、一度も。便りすらない。私には、あの方のお気持ちがわからない。会うのが怖いのです」

「お前の気持ちは、わからぬでもない。だが、天孫の御子が産まれるのだ。秘密にしておくわけにもいくまい」

そして、木花開耶姫は、臨月のお腹を抱えて輿に乗り、ニニギの元へと向かった。

姫の姿に気づいた瞬間、ニニギの頬はぱっと紅潮した。けれど、大きな腹が目に入ると、その表情は一瞬で白く固まった。彼は、素っ気なく言った。

「姫ではないか。今更、何をしに来た」

木花開耶姫は、恭しく頭を下げる。ニニギの気持ちがつかめない。半分不安に怯えながら、ただ丁寧に話す。

「ご無沙汰しております。もうすぐ、ニニギ様の御子が生まれます。天孫の御子であれば、私一人の勝手にはできません。父君である若様に、御子の誕生をお伝えしなければと思い、ご報告に伺いました」

ニニギは、笑った。その冷たい響きに、姫は思わず身をすくめる。そっと顔を上げると、見下ろす彼と目が合った。他人を見るような、冷めた目つきだ。

「黙って去っておきながら、いきなり訪ねて来て、何を言う。私の子のわけがない。私と寝たのは、たった一夜ではないか。いくら私が天神の子でも、そんなに都合よくいくものか。私をからかい、他の男の子を孕み、今度は、私を騙すのか」

木花開耶姫の顔は、悔しさと恥ずかしさで、真っ赤に染まる。

「なんてひどいことを！　確かに私は、若様の元を去りました。けれども、他の男と通じたことなど、一度もありません。私の夫は、ニニギ様お一人と、心に決めています。このような嘲りを受ける覚えなど、ありません。この子は、間違いなく天孫の御子です！」

訴えている間に、涙が滲んでくる。姫は、涙目でニニギを見上げ、夫の言葉を待つ。だが、ニニギは何も答えない。ただ、姫の顔を見下ろしている。

彼女は立ち上がり、強い声で言った。

「わかりました！　会いに来た私が、馬鹿でした。冷たい方！　この子は、私が育てます。いつか必ず、おわかりになる日がくるでしょう！」

姫は輿に戻り、帰って行く。ニニギは、引き止めようとはしない。

輿の中で、姫の胸は、激しく波打っていた。悔しさと悲しさで、息が苦しい。久しぶりに会った男の、あの冷たい顔。愛を囁(ささや)いた愛しい人は、どこへ行ってしまったのか。何度も会いたいと願った自分が、今は口惜しい。

実家に帰った姫は、何も言わず、竈（かまど）から火がついた薪を抜き取り、そのまま離れに駆け込んだ。そして、その薪を振りかざし、火を放とうとする。後を追ってきた侍女達が、彼女を必死で引き止める。

「姫様、何をなさるのですか！」

「私が、あの方を裏切り、他の男の子を宿したのなら、きっと天罰が下る！　あの方が天神の御子ならば、私は、火の山の神の娘。神様は、真実を御存じだ！　火をつけて、身の潔白を証明するのです！」

姫の両腕に、侍女達が取りすがる。

「馬鹿なことはおやめください！」

「お腹の赤子に障ります！」

薪を奪われた途端、姫の喉元に嗚咽（おえつ）が込み上げた。彼女は座り込み、大きな腹を抱きながら泣いた。

「私は、ニニギ様しか知らない！　私は不実ではない！」

それから数日後、木花開耶姫は、双子の息子を産んだ。

その夜のことだった。姫の思いが通じたのであろうか。姫が生まれたばかりの双子に添い寝をしているときに、寝所から火が出た。大騒ぎになり、皆で消火にあたるが、火の勢いは、一向に衰えない。

「姫様！」

「姫！」

熱気が溢れ出し、パチパチと火の粉が飛ぶ。家人達は、時折噴き出す炎を避けつつ、大声で叫びながら、姫の姿を探す。

疲れ果て、ぐっすり眠っていたはずだ。赤子もろとも、このまま焼かれて死んでしまうのだろうか。

その時、炎の中から、姫の声がした。

「この子等が天孫の御子でないならば、火よ、すべてを焼き尽くせ！　天孫の御子と知るならば、火よ、御子達を守り仕えよ！」

どよめく人々の目の前で、炎は二つに割れ、その間から、姫の姿が現れた。炎はゴーゴーと音を立てながら、母子を奉るかのように、大きく流れ、筒状の通り道を作る。

その炎の輪の中を、左右の腕に一人ずつ我が子を抱えた姫が、ゆっくりと歩いて来る。

その姿は、まるで女神だ。

寝所は全焼し、すべて焼け落ちたが、三人は無傷で、火傷（やけど）一つ負わなかった。

「姫は、天神と火の山の神に守られている。王子達は、天孫の真の御子に間違いない」

そう人々は確信した。


その噂は、すぐに、ニニギの元へも届いた。彼は驚き、母子がいる吾田の屋敷へ急いで駆けつけた。

「姫、疑って悪かった。どうか、子供達と一緒に、私のところへ帰ってきておくれ」

そう懇願する夫に、姫は答える。

「ニニギ様、一度壊れた信頼は、取り戻せません。あなたが私を疑り嘲ったことを、私は、忘れることはできないでしょう」

「姫、私は、お前だけを愛しているのだ。お前を愛しているのに、どうして、他に妻を持つことができるだろう」

「私も、他の方を愛することはできません。けれど、私を嘲ったあなたの言葉は、消すことができない。一緒には暮らせません」

赤子を抱いた姫は、前以上の美しさと強さに溢れている。ニニギは、肩を落とし、深く悔やみながら、帰っていった。


木花開耶姫が黙って去った日からずっと、ニニギは気持ちが混乱し、落ち着かない日々を過ごしていた。この数か月、何事にも身が入らず、すべてが上の空で過ぎていった。

姫の本心を知った今、ようやく地に足が着いたが、そこに喜びはない。ただ空しい思いを抱え、改めて周囲に目を配る。ふとニニギは、オモイカネの姿が見えないことに気づいた。

「オモイカネ殿はどうした。そう言えば、しばらく姿を見ていないが」

「オモイカネ殿は、長く病に伏せられています」

家臣が、答える。

「ニニギ様には、お伝えするなと言われていました」

驚いたニニギは、急いでオモイカネが住む屋敷を訪れた。出迎えたオモイカネの顔は、青白い。ゆるやかに整えられた髪も、真っ白になっている。

「オモイカネ殿、休んでいなくて大丈夫なのですか」

気遣うニニギに、オモイカネは穏やかに微笑む。

ニニギは、姫に心を奪われ、重臣の病にすら気づかなかった自分を恥じた。

「オモイカネ殿、私が悪かった。自分の使命を忘れていた。あなたには、ずっと助けられていたのに」

「若様、もう、私がいなくても大丈夫です。前にお進みください。必ず、道は拓けます」

老臣の優しい言葉に、ニニギは涙ぐむ。

「好きな女性一人、振り向かせることができないのに」

「大丈夫です。アマテル様の思いが、若様を守ってくださいます。勇気を出してください」

「お祖母様が亡くなられたことも、私は知らなかった」

ニニギは、俯いた。

「私達が出発して、すぐに亡くなられていた。私には知らせるなと言われたそうだ。皆が私に心配をかけまいとしてくれる。この不甲斐ない私に」

オモイカネは、ニニギの顔を見る。アマテルの面影を残す、この子。まっすぐな清い心を持っている。きっと、良い王になるだろう。

「こんなバカな私に、国造りができるだろうか」

オモイカネは、答える。

「ニニギ殿、アマテル様から賜った鏡は、ご自分の分身として渡されたもの。あの鏡に込められた思いを、私は知っています。あの鏡は、必ず若様を守ってくれます。どうか大切にしてください」

ニニギが頷くと、オモイカネは微笑んだ。

「大丈夫です。ニニギ様にはできる。国で一番賢いと言われた私が言うのです。間違いありません。ご自分を信じてください」

オモイカネが亡くなると、ニニギは、家臣を連れ、川内（せんだい）に移った。川内は、ニニギ一行が最初に上陸した所。そして、木花開耶姫と子供達がいる吾田の北隣。ニニギは、この地に宮を建て、本格的な国造りを始めた。

雑木林を切り開き、木の根を掘り出す。平地を耕し、畔（あぜ）を作る。水路を掘って、川から水を引き、畑を水田に変えていく。籾（もみ）を蒔く時を教え、水の差配をし、稲作を指導する。人々が生活する村は、安全で水が得られる高台に築いた。

ニニギは、熱心に働き続ける。仕事をしていれば、余計なことは考えずにすむ。実際、やるべきことはいくらでもある。

吾田の家族の状況は、塩土老翁が伝えた。

「お子様達は、健やかにお育ちです」

「そうですか。よかった」

ニニギは相変わらず美しく、濁りのないその目は、清らかに輝いている。顔や手足は陽に焼け、身体には筋肉がつき、以前よりずっと逞しい。けれども彼は、いつも疲れてみえる。

川内の港で、塩土老翁は言った。

「若様、もう少し、ご自分のお身体も大切にしてください」

ニニギは、答える。

「私は、未熟な人間。ただ精一杯やることしかできない。こんな私を信じて送り出してくれた高天原のため、私が手放した家族のため、最善を尽くしたいのだ」

塩土老翁は、ふと亡き父イザナギを思う。幼い頃に死に別れた父。ニニギを見ていると、なぜか、人づてに聞いた若き日の父親の姿が重なる。

「頑張り過ぎてはいけません。この国の勢いを、倭人諸国が気にしているとの噂もあります。北へ領土を広げるのではと、警戒しているのです」

ニニギは、真顔になった。

「私の妻と息子は、南にいる。これ以上、家族から離れたりはしない」

「若様……」

「私の夢は、いつか木花開耶姫や子供達と一緒に暮らすこと。塩土老翁、姫に伝えてください。いつか、すべてが懐かしい笑い話になる日を待っている、と。私はいつも、それだけを願っていると」

塩土老翁の気遣う表情に、ニニギは笑う。

「葦原中国を支配するために高天原を出たのに、随分小さな夢になってしまったものだ。塩土老翁、おかしいだろう」

老翁は、大真面目な顔で応える。

「若様は、立派な国を築いておられる」

そして、海の彼方（かなた）を指さした。

「ここへ来られた航路を覚えていますか。この川内の地から船で北上すれば、島々に沿って、値嘉（ちか）の島（五島列島）と筑紫（ちくし）の間を抜け、そのまま壱岐へと辿り着ける。筑紫の倭人諸国を通らずとも高天原へと通じる海路を、若様は確保されたのです。この地に国を築くことは、決して、無駄なことではありません」

「そう言ってくれるのか……」

ニニギは、夕陽が輝く西の海を眺めた。海辺には、沢山の鹿の子ユリが咲いている。

赤紫に彩（いろど）られた艶やかな花よ。まっすぐに立つ、美しく一途（いちず）な花よ。

「前へお進みください、若様」

塩土老翁の言葉に、ニニギは呟いた。

「ここは、加羅国に向かい、笠沙岬からまっすぐに続く、朝日が直に射す国、夕日が照らす国。ここは、良い所だ」


川内の景色は、着々と変わっていく。水田では毎年青々と稲が育ち、新しい村からは、子供達の笑い声が聞こえるようになり、夕暮れには煮炊きの匂いが広がる。この地を治める天孫ニニギは、人々に慕われ敬われる王になっていった。

そして、大雨が続いた年のこと。雨に打たれながら彼は、川を見回り、畔を見回り、村の無事を確認し続けた。ニニギの身を案じた家臣達は止めたが、民が訴えに来れば必ず出向き、民達の力になった。

ようやく雨があがった朝、ニニギは起きて来なかった。寝床の中で眠ったまま、亡くなっていた。疲れきり、深い眠りに落ちたまま、息絶えていた。

知らせを受けた木花開耶姫は、子供達を連れ、急いで川内に駆けつけた。数年ぶりに見る夫は、随分大人に見えた。苦労したのだろう。手を抜くことを知らない人だから。加減ができない、まっすぐな人だから。

彼女は座り込んだまま、ただ茫然とニニギの顔を見続ける。その傍らに寄り添うのは、双子の兄、海幸彦。母親と同じように顔を強張らせ、父親の顔を見つめている。弟の山幸彦は、そっとその場を離れた。

どれくらいたっただろう。

「母上！」

幼い少年の声がした。

「カッコウが咲いていました！」

山幸彦だ。その手には、美しいユリが握られている。その花を母親に差し出しながら、大真面目に繰り返す。

「母上、カッコウが咲いていました」

木花開耶姫は、思わず笑った。

「カッコウではない、鹿の子だ」

父親に似た優しい顔。小さなニニギ。頬を紅潮させ、息があがっている。母親に渡そうと、走ってきたのだ。あのときの彼のように。

木花開耶姫の目に、不意に涙が溢れる。

「鹿の子ユリだ……」

愛しい人、あの人は、もう帰らない。笑い話にする日は、もうこない。

鹿の子ユリを手に、ニニギの身体にすがりつき、彼女は泣いた。

ニニギは、川内平野の南側、家族が暮らす吾田に近い可愛山（えのやま）に葬られた。

四　山幸彦（彦火火出見尊（ひこほほでみのみこと））

西暦八年、漢が滅亡した。皇后の甥であった王莽（おうもう）が、新王朝「新」を建てたのだ。

新羅では、第二代王の南解次次雄（ナメススング）が、長女と昔脱解（ソクタレ）との結婚を発表した。昔脱解は「倭国の東北千里のところにある多婆那国（たばな）」で生まれたという、倭人である。

「母上、カッコウが咲いていました」

朗らかな優しい声とともに、鹿の子ユリを手にした山幸彦が庭に入って来る。この季節の恒例。木花開耶姫は笑い、差し出された鹿の子ユリを受け取る。十三歳になった山幸彦は、容姿だけでなく、声まで父親に似てきた。

濡れ縁に座り込み、熱心に釣りの仕掛けを作っていた海幸彦が、顔を上げる。

「カッコウは、鳥だ。いい加減、覚えろ」

しっかりした骨組み、逞しい身体つきの、海幸彦。うっすら顎髭も生えてきた。彼は、吾田の男達に可愛がられ、彼等について船にも乗る。

「漢が滅び、新羅の王女は、よその倭人と結婚した。花など摘んでいる場合か」

真剣な兄の言葉に、山幸彦が言い返す。

「それなら私も海に出ます。その兄上の道具を貸してください」

「簡単に言うな！　お前なんかに貸せるものか！」

「道具がないなら、海に出ても何もできません」

唇をとがらす弟に、海幸彦は厳しい声で言う。

「お前は、山で自分の仕事をせよ！」

「山で仕事をしたって、見ていない兄上に、遊んでいると言われる」

山幸彦は、食い下がる。

「私も、海で仕事をしてみたい。兄上、私に道具を貸してください」

根負けした海幸彦は、手入れしたばかりの自分の道具を弟に手渡した。

「これは、大切なものだ。絶対粗末に扱うなよ」

「わかっています。兄上も、私の道具を使ってみてください」

こうして二人は、お互いの道具を交換した。

海幸彦は、弟の弓矢を持ち、山に入って猪(いのしし)や鹿を得ようとしたが、獣(けもの)が通った痕跡すら、見つけることができなかった。山幸彦は、兄の釣針を借り、海で釣りをしたが、何も釣ることができなかった。その上、魚に釣糸を切られ、兄が大切にしている釣針も無くしてしまった。

翌日、山幸彦は、床にがばっと手をついた。

「兄上、申し訳ない！　兄上の釣針を無くしてしまった！」

海幸彦の顔色が変わる。

「何！　あれほど言ったのに！　それでは俺は、明日から、どうやって仕事をするのだ！」

「申し訳ない！」

「だから、お前には貸したくないと言ったのだ！　何事にも真剣に取り組まないから、こういうことになるのだ！」

騒ぎを聞きつけ、木花開耶姫がやってくる。

「海幸彦、無くなったものは仕方がない。許しておやり」

海幸彦の顔は、怒りで真っ赤に染まる。

「母上は、いつも甘すぎる！　こんなことで、大業（たいぎょう）がなせるものか！　母上、父上が命をかけて成し遂げようとされたことを、お忘れですか！」

兄の言葉に、山幸彦も真顔になった。

「兄上、申し訳ない。私の刀をつぶして、釣針は必ずお返しします。数日、待ってください」

そして、三日三晩をかけ、山幸彦は刀を鋳溶(いと)かして、笊(ざる)一杯の釣針を作った。弟が差し出した山盛りの釣針を一目みるなり、海幸彦は、ぐいと突き返す。

「こんな粗雑なもの！　数が多ければよいと思ったら、大間違いだ。お前はわかっていない。良い釣針には、力がある。お前に貸した針は、特別な針だったのだ。こんなものは、いらない。あの釣針を返せ！」


それから数日が経っても、海幸彦の怒りは収まらない。山幸彦は、兄と顔を合わせるのも辛い。が、兄の手前、山へ息抜きにも行けない。行き場を無くした彼は、釣針を探す名目で、一人海辺をさまよった。

「若様、悲しそうな顔をして、どうしました」

声をかけられ振り向くと、塩土老翁だ。

「兄が大切にしていた釣針を無くしてしまったのです。私も、自分が嫌になった。いっそ、どこか遠くへ行ってしまいたい」

言葉にして初めて、山幸彦は、自分の気持ちに気づいた。そうだ、遠くへ行きたい。ここから離れたい。そう思うと、不意に泣きたくなる。

俯いた山幸彦に、老翁は言う。

「若様、この地を離れたいと本当にお思いでしたら、私が、あなたが行くべき所へお送りしましょう」

思いがけない言葉に、山幸彦は顔を上げる。

「私が行くべき所？」

「まずは、対馬です。決心がついたなら、明日の朝、この場所へおいでください」

家に帰った山幸彦は、母親に塩土老翁の言葉を伝えた。

「母上、私はここにいても、何もできない。私の甘さが、兄上の怒りを招くのです。いっそ、塩土老翁殿に我が身を預けてみます」

木花開耶姫は、息子を見つめた。ニニギによく似た、優美なこの子。吾田では暮らせないのか。高天原に帰した方が、この子のためなのか。

「山幸彦、外の世界を見るのもよいかもしれない。私は、吾田から出たことがない。老翁殿ならば、広い世界をご存じだろう」


翌朝、山幸彦は旅支度をして、約束した浜辺に行った。そこには、一艘の船が用意され、逞しい漕手達と塩土老翁が待っていた。

「この船にお乗りください。若様の父上が来られた海の道を辿り、この者達が、対馬までお送りします」

「父上が来られた海の道……」

「対馬に着いたら、豊玉彦（とよたまひこ）殿の屋敷を訪ねなさい。門が閉じていたなら、井戸の傍らの桂（かつら）の木の下で待っていれば、誰かが出て来るはずです」

山幸彦は頷き、船に乗る。

船は、天草の脇を北上し、半島と値賀（ちか）の島（五島列島）の間をすり抜け、壱岐を経て、対馬へと向かう。壱岐を過ぎれば、船は大きく上下する。波の山、波の谷。周囲はすべて黒味を帯びた海の水。その中を逞しい男達が漕ぎ進んで行く。未知の世界へ、山幸彦を運ぶ。

対馬に着いた山幸彦は、豊玉彦の屋敷を訪ねた。楼閣を備えた立派な屋敷は、土塀で囲まれ、その門は閉ざされていた。塩土老翁が話した通り、門の前には井戸があり、その傍らには、桂の大木が枝葉を茂らせている。

山幸彦は、株立ちした桂の木の又に登り、木陰の中で、誰かが出て来るのを待った。

やがて門が開き、中から現れたのは、若い侍女を連れた美しい少女。手にした器に水を汲もうと井戸を覗き込んだ二人は、水面に映る美しい若者と目が合った。

「あっ」

驚いた二人は、桂の木の上へと、視線を移す。柔らかな緑の木漏れ日の中で、枝をつかんだ美しい若者が、二人を見下ろしている。

少女は、息をのみ、門の中へと駆け戻った。侍女も慌てて後を追う。

「お父様！　お父様！」

少女は、叫んだ。

「井戸の傍の桂の木に、見知らぬ美しい方が！」

門の外に出た豊玉彦は、山幸彦を一目見るなり、彼が誰なのか察した。志半ばで亡くなったニニギに息子がいることは、塩土老翁から聞いていた。何より、山幸彦には、ニニギの面影がある。

「ようこそ、我が対馬へ」

豊玉彦に迎え入れられた山幸彦は、そのまま彼の屋敷で暮らし始めた。


対馬の北端に行けば、晴れた日には、海峡の向こうに加羅の地が見える。

「あれが金海の港。高天原は、あの奥。天神族の天君が倭人を統括する、我等の聖地。あなたの父上が生まれた所。そして、祖父の忍穂耳殿がおられる所です」

豊玉彦の言葉に、山幸彦は海の向こうを見つめる。

「天神族は、最も由緒正しい倭人の長。葦原中国の統治は、高天原の長年の悲願。私は、高天原を発ったときのニニギ殿にも会っている」

「父上に？」

豊玉彦は、頷く。

「ニニギ殿は若かったが、多くの供の者達を率いていた。まっすぐで、希望にあふれ、勇気がおありだった」

山幸彦は、呟く。

「私は、何も考えていなかった。兄の言葉を聞いても、現実のものとは思えなかった。今、この地に立ち、初めて父の思いを感じる。それが、私のなすべきことだ」

豊玉彦は、隣に立つ若者に目をやる。海風を受けるその横顔は、凛々しく引き締まって見えた。


それから三年。対馬から海峡を挟んだ地では、人々が旱魃（かんばつ）に苦しんでいた。

天君タカギの部屋の扉の前で、忍穂耳は、ふうっと息を吐く。タカギも忍穂耳も、六十代半ばだ。

この数か月、天君は公(おおやけ)の場に出て来ない。米の不作で、人々の不満は募っている。天君に徳がないから、旱魃が起きるのだと。また、天君は重い病だと言う者達もいる。酒の害だという噂もある。天君に呼び出されたのは、そんな時だ。忍穂耳は、もう一度大きく息を吐いてから、取次(とりつぎ)を頼む。

扉が開くと、タカギは、寝台の上で身体を起こしていた。彼は、真正面から忍穂耳を見据える。

「遅いぞ、ジジイ！」

黙って頭を下げる忍穂耳に、天君は促す。

「もっと近くに来い！」

忍穂耳は、枕元まで近づいた。傍らには、白衣を着た侍医達が付き添っている。薬の匂いがする。あれから結局、息子はできなかった。

「忍穂耳、私もジジイになれたぞ」

歯が抜けた口を開け、天君が笑う。真っ白になった髪はザンバラで、肌は乾いて粉をふいている。

「お前を天君にさせぬため、頑張ってきたのだ。どうだ、悔しいか」

忍穂耳は、黙っている。

「お前はジジイでも、息子がいる。私の言葉など、聞き捨てか」

「葦原中国へ行ったニニギは、死にました。息子を失う悲しみは、私もわかります……」

突然、タカギの手が、忍穂耳の腕を掴んだ。忍穂耳は、思わず腕を引こうとする。

「お前には、まだ、もう一人いる！」また、そのような話が始まる。何十年も、同じ会話の繰り返し。もう、うんざりだ。

忍穂耳の袖をしっかりと掴んだまま、タカギは、言った。

「高天原は、どうなる」

その口調に、忍穂耳は、タカギの顔を見る。見たことがないほど真剣な目が、忍穂耳をとらえる。そういえば、珍しく酒の匂いがしない。一体、どうしたのだ。

戸惑う忍穂耳。

「私が滅ぼしたことになるのか？」

タカギは、忍穂耳を引き寄せようとする。

「息子が死んだのも、私のせい。息子ができないのも、私のせい。雨が降らないのも、作物が育たないのも、悪いことは全部、私のせいか？」

忍穂耳は、袖を引く。

「天君、お離しください」

「天君とは、そういうものだ。いつも、悪者にされる。お前は、どうする。ジジイのお前に、高天原を再興できるのか？」

天君タカギは、忍穂耳の袖を離さない。その目は、真剣だ。

「忍穂耳、お前はどうする」

「天君……」

初めて気づいた。タカギは、忍穂耳の父親ヨロズに似ている。父が五十代になって生まれた、忍穂耳。彼が覚えている父に、今のタカギは似ている。歯が抜け、ザンバラ髪だが、それでも、やはり面影がある。

そうだ、彼は、父の孫だ。身内だったのだ。当たり前の事実に気づき、忍穂耳は動揺している。

母親が山神族出身とはいえ、彼も、高天原を受け継ぐ、天神族の男だったのだ。幼い頃から、ずっと意識し合ってきた、一番近い身内。

タカギを失おうとしている悲しみが、不意に忍穂耳を襲った。

父親も息子も失い、兄弟もいなかった、タカギ。山神族以外、誰を頼れたというのか。そうだ、二人でもっと協力しあって生きていく道もあったのではないか。そんな悲しみ。悔い。今になって何故、このような感情に襲われるのか。

忍穂耳の動揺が伝わったのだろうか。タカギは、じっと彼を見つめ続けている。

「天君様、興奮されては、お身体に障ります」

侍医達が駆け寄り、忍穂耳を掴んだ指を一本ずつ開き、手を放させる。寝床に横たえられながらも、タカギは、忍穂耳の顔を見つめ続ける。

彼は、繰り返した。

「忍穂耳、お前はどうする」

それから一か月後、タカギは亡くなった。忍穂耳は何度か見舞いに訪れたが、彼は二度と会おうとはしなかった。


タカギの逝去を受け、山神族の重臣達は会議を開いた。

「新羅は、王女の婿の昔脱解(ソクタレ)を重臣にした。奴は倭人だ。新羅になびく倭人は、ますます増えるだろう」

「高天原は、どうなる」

山神族の焦りは、つのる。

「タカギには、息子がいない。山神族から天君を出すことは、もうできない」

「このままでは、忍穂耳が天君だ」

抗議の声があがる。

「アマテルを正妃にするとき、彼女の息子は天君にしないという話だったはずだ」

「だが、天神族の男子は、もう忍穂耳と彼の弟と息子、それからオモイカネの息子しか残っていない」

「なんということだ」

他に選択肢はなく、ついに、忍穂耳が高天原の天君として即位することになった。忍穂耳も、六十代後半。長年望んできたことではあったが、彼の胸に喜びはさほど湧かない。何もかも遅すぎた。そういう気がしてならない。

一方、山神族の重臣達も、腹の虫が収まらない。

「忍穂耳の次は、饒速日か」

「奴の正妃は、天神族の巫女、天道日女（あまのみちひめ）。饒速日の次も、山神族とは縁がない」

「対馬には、ニニギの息子もいる」

「正式な天孫として認められたニニギの息子か？」

「生まれた日、火事の中、火傷一つ負わず、神の子と認められたそうだ」

重臣の一人が、話を遮る。

「ちょっと待て。高天原を出たニニギの息子が、何故対馬にいるのだ」

周囲の者が応じる。

「神の子として、高天原に戻るつもりか？」

その言葉に、怒りの声が沸き起こった。

「天君の座を狙っているのか！」

「そんなことが、許されるものか！」

「今に見ていろ！　本当に神の子か、絶対暴いてやる！」

数日後、対馬では、浅茅（あそう）湾の入り江に若い男女がたたずんでいた。山幸彦と豊玉姫だ。今では、夫婦として暮らしている。

「ここは、美しい所だな。神を感じる」

「私もこの場所が一番好きです。私は、ここに産屋（うぶや）を建てようと思います」

「え？」

豊玉姫は、恥ずかしそうに微笑む。

「山幸彦様、赤子ができたようです」

「本当か！　なんと嬉しいことだろう」

山幸彦は、姫を抱きしめる。

「姫、私の祖父、忍穂耳が高天原の天君になった。赤子が生まれたら、一緒に挨拶に行こう。私の妻と子供を見てもらおう！」

「若様の母上様にも、ご挨拶に行かなければ」

豊玉姫の言葉に、山幸彦の表情は曇る。

「私は、故郷へは帰らない。兄の傍で暮らせば、また、『双子の弟』になる。私はここで、愛する姫と子供と一緒に生きる」

豊玉姫は、夫の手をそっと握る。そのまま二人は、将来について話し込み、帰途についたときには、日が暮れていた。

屋敷が近づくと、焦げ臭い臭いが漂い、付近は大騒ぎになっていた。山幸彦が寝起きしている離れが燃えており、辺りには火の粉が舞っている。

二人の姿に気づいた家人が、駆け寄って来る。

「ああ、山幸彦様！　よかった、御無事でしたか！」

そして、炎に包まれた離れになんとか近づこうとしている男達に向かって、大声で叫んだ。

「皆！　若様と姫様は、ここにおられる！　二人とも御無事だ！」

喜びの声がどっと上がる。

「どうした、何があった」

山幸彦が問うと同時に、豊玉姫が悲鳴を上げて、指差した。

「扉に！」

見ると、離れの扉に外側から板が打ち付けられ、その傍に矢が刺さっている。

「火矢か？」

家人が頷く。

「付け火です。油も撒かれています」

二人の無事を知った男達は、消火に専念し始める。流れ作業で水を運ぶ、勇ましい掛け声が聞こえる。時折、ゴーゴーと炎が噴き出し、辺りを明るく照らす。

山幸彦は、震える姫の肩を抱きながら、燃え続ける離れを、茫然と眺めていた。


翌朝、豊玉彦は、二人を呼んだ。

「山幸彦殿、詳しいことは何もわからない。だが、あなたの命を狙ったとしか思えない。今、高天原では権力闘争が起きている。ここは、高天原に近すぎる。一旦、母上の所へお帰りください」

山幸彦は、拒んだ。

「嫌です！　私は、兄から逃げてここに来た。また逃げ帰るわけにはいきません」

豊玉姫も訴える。

「お父様、私のお腹には、山幸彦様の子供が」

豊玉彦は、娘の顔を見つめた。何より嬉しいはずの初孫の知らせを、こんな状況で聞くことになるとは。

彼は、娘の両肩に手を置きながら、静かに言った。

「赤子が男子なら、天孫の後継者だ。お前も一緒に行きなさい」

「でも、お父様を残しては行けません」

「漢も滅びた。あれほど恐れられ、強大な国であったのに、内側から滅ぼされた。高天原とて、何が起こっているかわからない」

彼は、山幸彦に向き直る。

「あなたには、天孫としての使命がある。ここを離れても、逃げたことにはならない」

「しかし……」

不意に、豊玉彦が言う。

「そうだ、釣針を見つけたことにしましょう。兄上の釣針を探しに対馬に来て、釣針を見つけたので、返しに帰った。高天原には、何も関係ない」

一瞬戸惑った山幸彦は、豊玉彦の真剣な眼差しに気付いた。

そして、義父の提案を受け入れた。

「わかりました。ただ、吾田の様子もわからない。私は一人で帰ります」

翌日、一つの釣針を渡しながら、豊玉彦は言った。

「この釣針を兄上に渡しなさい。小声で『貧鉤（まじち）』と唱えて、渡しなさい」

続いて、二つの玉を、山幸彦に渡す。

「これは、潮満瓊（しおみつたま）、潮涸瓊（しおひのたま）という宝物です。この宝物を使えば、潮の満ち引きを自在にあやつることができる。兄上が高い所に田を作れば、あなたは低い所に作りなさい。低い所に作れば、高い所に作りなさい。あなたこそ、葦原中国の王たるべき方。これからは、兄上に遠慮することもなくなるでしょう」

山幸彦は、対馬の船団に送られて、故郷に帰った。港には、多くの見物人が集まっている。正装した山幸彦が姿を現すと、その豪華さ美しさに、人々はどよめいた。

山幸彦は、海幸彦の姿を見つけると、そのまままっすぐに兄の前まで進む。

「兄上、お借りしていた釣針です。お返しするのが遅くなり、申し訳ありません」

そして、手渡しながら、小さな声で唱えた。

「貧鉤（まじち）」

その日から、海幸彦は不漁続きとなった。その年、山幸彦の田は豊作だったが、海幸彦の田は、不作になった。

海幸彦は、山幸彦を問い詰める。

「山幸彦、お前が帰ってきてから、悪いことばかりだ。お前、私に釣針を渡すとき、小声で何か言っていたな。私を呪ったのか！」

何も答えぬ弟に怒り、掴みかかる海幸彦。山幸彦は、潮満瓊を高く掲げた。すると、急に潮が満ち始め、海幸彦の足元をすくった。倒れた彼は、すぐに起き上がり、弟に飛び掛かろうとする。だが、潮はぐんぐん満ちて、膝まで達し、前へ進むことができない。

訳がわからないまま、無理矢理進もうとすると、さらに潮が満ち、胸まで達した。両手で水を掻いていると、さらに首までつかり、口元に波が押し寄せる。足元がゆらぎ、泳ぎ出すこともできない。

ついに、海幸彦は、叫んだ。

「助けてくれ！」

兄の悲鳴に、山幸彦が潮涸瓊を掲げると、潮は、たちまち引き、海幸彦の周りは、砂浜に戻った。

両手を砂浜につき、海幸彦は、呆然と周囲を見渡す。ただの砂浜だ。海幸彦は全身ずぶ濡れで、髪の先から滴が垂れている。だが、目の前にいる弟は、少しも濡れていない。

海幸彦は、弟が新たな力を得たことを悟った。

「海は、私の味方ではなかったのか……」

海幸彦は、よろよろと立ち上がり、浜に引き上げてある船の元へと向かう。

「天神は、兄の私ではなく、お前を選んだということか……」

彼は、しばらく船の縁に両手をついて考えていたが、突然、何かを吹っ切るかのように、ばんっと強く縁を叩き、弟の方に向き直った。

「俺は隼人となり、お前のための狗となり、踊り人となって、邪霊を祓い、お前の子孫を守る」

そう言うと、海幸彦は、濡れている衣服を脱ぎ捨て、褌一枚になった。そのまま、くねくねと奇妙な動作を始める。

満ち来る潮に溺れる様を表しているのだろう。足首まで浸かったように、つま先立ち、膝に至って足を上げる。腿に至って逃げ回り、腰に至って、腰でかき、腋に至って手を胸に。首まで浸かって両手を挙げて、助けを求めてゆらゆら動かす。なんとも情けない、滑稽な踊りだ。

驚いた山幸彦は、叫ぶ。

「兄上！　一体、どうされたのですか！　おやめください」

奇妙な姿で、奇妙な舞を続けながら、海幸彦は叫び返す。

「もう俺の顔色を窺うな！　俺は、忘れぬ！　お前の前で、惨めに溺れたことを。俺は、忘れぬ！　お前が、天神に選ばれたことを！　俺は忘れぬ！　そのために舞うのだ！」

その誓いの通り、海幸彦の末裔は、隼人として、天孫の忠実な警護人を務めた。隼人は、狗の声をあげ、邪霊を払い、身を挺して天孫を守る。

やがて臨月を迎えた豊玉姫は、妹の玉依姫（たまよりひめ）を従え、山幸彦の元にやってきた。

「私は、海神（わたつみ）の娘。本来ならば、あの対馬の聖地で産みたかった。けれど、この子の父親は、天神の子。浜辺に、産屋を建ててください」

山幸彦は、妻の願い通り、浜辺に産屋を建てさせる。だが、産屋の屋根が葺き終わらないうちに、豊玉姫は産気づいてしまった。

彼女は、苦しそうに息をつきながら、夫に言う。

「私が出産するところは、決して見ないでください。私が自分から出てくるまで、決して、近づかないで」

「わかった」

新月の夜。満天の星。波の音が聞こえる。豊玉姫がうめき、幼い玉依姫が励ます声も。山幸彦は落ち着かず、産屋に近づき、中を覗いてしまった。

灯がともされた産屋の中には、いつの間にか大きな穴が掘られ、穴の中は湧き出た海水で満たされている。全裸の姫が穴の水に身体を浸し、身をよじりながら出産していた。赤子がするりと抜け出た瞬間、玉依姫の手を借りて、素早く取り上げられる。血まみれの海水に浸ったまま、豊玉姫は歓喜の表情で、赤子を高く掲げた。

葺きかけの屋根の穴からは、朝日が差し込み、産声を上げる赤子と、母性に満ちた姫の顔と、血まみれの海水を照らしだす。

その時、人の気配に気づいた姫は、扉の隙間から覗く、夫の顔を見た。

「見ないでくださいと、あれほどお願いしたのに」

妻に責められ、山幸彦は、うなだれる。

やがて、身体を清め、衣服を身に着けた豊玉姫は、赤子を抱き、妹に助けられながら、産屋から出て来た。夫の顔を見つめ、しばらく沈黙した後、姫は言った。

「私は、対馬に帰ります」

山幸彦は、慌てる。

「何を言う。赤子を産んだばかりではないか！」

「私は、やはり、海神の娘。ここでは、暮らせません」

「では、私も対馬に帰る」

「いいえ、いけません。あなたは、皇孫（すめみま）。ここにいてください。この子は、置いていきます。お願いです。大事に育ててください」

山幸彦は、はっと気づいた。

「私と子供を山神族から守るためなのか」

豊玉姫は何も答えず、ただ涙を流す。

「せめて、子供の名前を付けておくれ」

夫の言葉に、豊玉姫は少し考えてから、口を開いた。

「ウガヤ（彦波瀲武鸕鷀草葺不合尊）と名付けてください」

「ウガヤ……」

「高天原の天神の血をひく子であることを忘れぬように」

そして、豊玉姫は、妹に助けられながら、海神の国対馬へ帰ってしまった。

山幸彦は嘆き、歌を渡した。

　沖の鳥、鴨が住み着くあの島で、私が愛した妻よ、
　あなたのことは、この世が尽きるまで、決して忘れない。

山幸彦は、乳母や世話係を雇い、我が子を育て始めた。対馬に帰った豊玉姫も、赤子が愛らしく特別であるとの噂を伝え聞き、赤子のことが気になってしかたがない。

そんな娘の様子に、豊玉彦は、言った。

「娘よ、それほど赤子が心配であれば、山幸彦殿のところへ帰ったらどうか」

豊玉姫は、目に涙を浮かべた。

「お父様、自分のお腹を痛めて産んだ子、愛する山幸彦様の子、どうして会いたくないはずがありましょう。けれども、私は海神の娘。この対馬の地に残り、盾となって、二人を守ります」

「では、このまま、縁が切れてもよいのか」

豊玉姫は、言った。

「お許しいただけるなら、玉依姫を、赤子の元に遣わしてください。まだ七歳のあの子ならば、あの地に馴染んで暮らせるでしょう。赤子を守り育て、私達の絆をきっと守ってくれる」

豊玉彦は、考えた。

「よかろう。お前がそれでよいのなら、玉依姫を遣わそう」

玉依姫が山幸彦の元へ戻る日、豊玉姫は、愛する夫への返歌を託した。

　赤珠（だま）の輝きは、通した糸まで美しく照らすと、人は言いますが、
　装ったあなたの、白珠のように貴い御姿は、今も私を照らし続けています。

受け取った返歌を何度も読み返し、山幸彦は涙を流した。姉の歌を渡した幼い姫は、山幸彦の足元でウガヤを抱き、優しくあやしている。

幼子二人の姿を見つめ、山幸彦は、心を決めた。

「兄上、我等は、火の山の神にも守られている。私は、この子らを守るため、西の海から離れ、高千穂峰（たかちほのみね）の東へ移ります」

高千穂峰は、霧島とも呼ばれる。海幸彦は、弟を励ました。

「吾田や川内の地は、我等隼人が守る。山神族の奴等が来たとて、お前達に指一本触れさせるものか。お前は、安心して皇孫を育てよ」

山幸彦と海幸彦は、二人で力を合わせ、吾田の領土を守り、勢力を広げていく。

山幸彦は、父親と同じだった。愛した女性は一人だけ。豊玉姫ただ一人だったので

ある。

五　饒速日命

西暦二十年、高天原。

忍穂耳が天君になって、八年。ようやく得た天君の座だったが、頂点に立つ実感はない。天君の権威は形骸化し、表面的な服従があるだけだ。

山神族は、勝手に指示を出し、不都合がおきれば、天君の責任にする。周囲の者達は、見て見ぬふり。タカギやその父親が天君だったときから、習慣になっていたのだろう。七十歳を過ぎた忍穂耳のために力を尽くす者はいない。

仕方がない。いろいろな経緯があったのだ。世代が変わるのを待つしかない。忍穂耳はそう思い、自分を納得させてきた。先程の報告を聞くまでは。

「父上、お呼びですか」

部屋に入ってきたのは、忍穂耳の長男、饒速日（にぎはやひ）。忍穂耳は、声を落として尋ねる。

「饒速日、お前は知っていたか？」

「何でしょうか」

「山幸彦は、対馬で焼き殺されるところだったそうだ」

　饒速日は驚き、息をのむ。

「たまたま留守をしていて、助かったらしい。それで、豊玉彦殿が、筑紫に送り返したそうだ」

「そんなことが……」

　考え込む息子に、忍穂耳は言った。

「饒速日、葦原中国に行ってくれないか」

　突然の提案に、息子は再び驚き、言葉がでない。

「この言葉は、私も何度も聞かされた。お前の気持ちはわかる」

　彼は続ける。

「私は、お前達の母親を理由に断った。だが、本音は違う。天君の座を得るために、高天原を離れたくなかったのだ。私とお前を天君にするために、ニニギは葦原中国へ行った」

饒速日は頷く。弟とは、それから会っていない。

「私達の代わりに行ったニニギは、若くして死んでしまった。その息子が、対馬まで、高天原とは目と鼻の先の対馬まで、帰ってきていたのに。命を狙われ、我等に顔を見せることもできなかったとは」

忍穂耳は、涙をぬぐう。年齢のせいか、最近は涙もろい。

「饒速日、順番通りなら、次の天君はお前だ。だが今、天神族の国と言えるのは、どこだ？　東も西も、武器を調え国境を築く勢力に奪われてしまった。高天原でさえ、山神族のやりたいまま。天孫の息子まで、命を狙われる。お前は、この厳しい状況で、高天原の天君を務める自信があるか？」

自信など、あるわけがない。黙っている饒速日に、父親は言う。

「私の母上は、葦原中国を悪く言わなかった。お前の叔父ホヒも、自ら葦原中国へ戻って行った。私には判断がつかない。饒速日、私が生きているうち、この天君の座を守っているうちに、自分で行って見て、お前の進むべき道を決めておくれ」

饒速日は、ゆっくりと口を開いた。

「わかりました。葦原中国に行ってみます」

「お前を歓迎しない人々もいるだろう。くれぐれも気を付けて行け」

息子は、穏やかに応える。

「私の正妃、天道日女（あまのみちひめ）の一族は、月星を読む一族。海運の人々とは強い繋がりがあります。行商の人々に交じって、葦原中国の様子を見てきましょう」

そして、屋敷に戻った饒速日は、天道日女との間に出来た十二歳の息子、天香語山（あまのかごやま）と数名の従者を呼び、葦原中国行きを伝えた。

数日後、出発の準備に追われる饒速日を、二人の男が訪ねてきた。二人は、オモイカネの息子達、ウワハルとシタハルだ。

「饒速日殿、私達は従兄弟同士。一緒に葦原中国へ連れて行ってください」

突然の申し出に、饒速日は驚く。確かに、彼等は従兄弟だ。オモイカネは、饒速日の母、千々姫の兄。父忍穂耳の異母兄でもある。

ウワハルが、言う。

「私達も天神族の一員。饒速日殿の力になりたい。父が亡くなった国も見てみたい」

そして、周囲を見回し、声を落とす。

「それに、我等の居場所は、奪われようとしている」

シタハルも、小声で言う。

「饒速日殿も、お気をつけください。山神族は、どうしても、我等を認めたくないらしい。遠縁の男とやらを探し出し、次の天君にするつもりです」

「まさか。高天原の天君は、天神族の男しかなれないはず」

半信半疑の饒速日の顔を、二人はじっと見つめる。

「今の彼等は、何をするかわかりません」

「饒速日殿、我等も葦原中国へ連れて行ってください」

饒速日は、頷いた。

「わかりました。一緒に行きましょう。私の息子、天香語山も同行します。海路は、彼に従う者達にお任せください」

出発の日、忍穂耳は、天羽羽矢（あまのははや）と歩靫（かちゆき）を饒速日に授けた。

「これは、天孫の証（あかし）だ。かつて、ニニギにも授けたものだ。お前の身分を疑う者があれば、これを見せよ。何かの役に立つかもしれぬ」

そして一行は、仰々しい式典を開くこともなく、行商の人々に交じり、海人族の船に乗り込んだ。

饒速日達を乗せた船は、対馬、壱岐を経て、葦原中国の中海を東へ進み、難波から河内の入海へと入る。一行は、生駒山麓の日下の港で船を降りた。

港では、天香語山の母である天道日女に通じる海人族の男達が出迎えた。

「饒速日殿、天香語山殿、皆様方、ようこそ葦原中国へ。我等の高尾張（たかおわり）村にご案内します。ごゆっくりご滞在ください」

饒速日の一行は、男達とともに日下から南へ下り、二上山の南側にある竹内峠を越え、高尾張村へ向かう。後に「葛城」と呼ばれる高尾張村は、葦原中国から玉垣の内国に入ったところ。ここにいれば、とりあえず安心だ。身内に守られながら、葦原中国のことも玉垣の内国のことも、知ることができる。何か起これば、海人族の船に乗り、高天原へ帰ればよい。
饒速日達は、高尾張村の海人族の屋敷に落ち着いた。

玉垣の内国にある磯城の地。その南方の鳥見の地で、長髄彦は生まれ育った。彼には、物心がついた頃から、どうしても納得できないことがあった。武勇に優れ、人望もある父、長彦に野心が乏しいことだ。

磯城の三輪山の麓には社があり、大国主と宗像の姫との間に生まれた事代主が、匿われている。出雲が国譲りをした際に、海に飛び込んだ彼を救い、この地に連れてきたのは、父長彦だ。

その事代主を大切に思うあまり、父は結婚が遅れた。長髄彦は、父が五十歳近い時の子だ。兄弟は、妹の三炊屋姫しかいない。出雲の祭祀王の血を引く、名門登美族の末裔であるというのに。

幼い長髄彦は、何度も父に問うた。

「父上ほどの方ならば、玉垣の内国の王になれます。なのに何故、遠慮ばかりなさるのですか」

　その度に、長彦はこう答えた。

「長髄彦よ、王になるのに必要なのは、力だけではない。神に選ばれることが、必要なのだ。私は凡人だ。王の役割を果たす器ではない」

「では、どうすれば、神に選ばれたことになるのですか」

　息子の問いに、長彦は遠くを見つめる。

「私は昔、そのような場に立ち会ったことがある。神に選ばれた方は、どのように貧しい身なりをしていようと、どのような境遇になろうと、神の声が聞こえるのだ。私には、そのような経験はない。一人の武人として、主に仕えて生きていく人間なのだ」

「では、私は、大王(だいおう)にはなれないのですか」

　納得できない長髄彦は、地団駄を踏む。そんな息子に、長彦は言った。

「息子よ、身の程を知れ。叶わぬ夢を抱いてはいけない。いかに、武力に優れていようと、多くの財を築いていようと、それだけでは、民を統治することはできない。無理をすれば、必ず、揺り戻しがくる。お前は、優れた主を見つけ、その方に尽くしなさい」

息子は、きっと気色ばむ。

「そのようなこと、私は、納得できません！　私の夢は、この内国を、かつての出雲のような強国にし、私がその大王となることです！」

長彦は、嘆いた。

「息子よ、お前なら、努力すれば大将軍にはなれるだろう。しかし、王として認められるには、高貴な魂、神に繋がる素質が必要なのだ。危うい夢を追ってはいけない」

「父上、我等も、出雲の祭祀王の血筋に繋がる登美族ではありませんか。私はあきらめません。私を見ていてください」

その言葉通り、長髄彦は精進を重ね、武芸の腕を磨いた。登美族の血筋も活きた。

そして、二十歳という若さで、内国全体の軍事的統括を担い、自他共に認める大将軍になっていたのである。

今、長髄彦の心は揺れている。高天原の天君忍穂耳の長子、すなわち次期天君の饒速日一行が、高尾張村に滞在しているとの報告を受けたのだ。

父長彦からは、とりあえず歓迎し、大切にもてなし、早めに帰ってもらえと、指示された。余計な事は話さぬように、と。「余計な事」とは、おそらく、事代主が生きていることだろう。

大国主の息子にして後継者と目されていた事代主は、出雲の海で死んだことになっている。その彼が、磯城の三輪山の麓の社で暮らしていることは、磯城彦や長彦に近い人々の間では、公然の秘密だった。

彼等にとって、神に選ばれたのは事代主。武芸に優れた大将軍となった長髄彦も、事代主を密かに守る武人達の長にすぎない。

落ち着かない気分のまま、長髄彦は、高尾張村にいる饒速日の元を訪ねた。

初めて会う饒速日は、品良く落ち着いた男性。四十代半ばくらいに見える。傍らには、彼の息子らしい少年と、親族らしい男性二人もいる。四人とも、育ちの良さが滲み出て、見たことがないほど立派な衣装を、当たり前のように身に着けている。

長髄彦は、思い切り胸を張る。

「出雲祭祀王一族の末裔、この地を治める大将軍、登美の長髄彦です。高天原の客人に、ご挨拶に伺いました」

饒速日は、ゆったりと答える。

「ご苦労さま」

落ち着いた声。なのに、その気品に圧倒される。長髄彦の胸には、賛美と嫉妬の両方が沸き起こる。普通の人ではない。これが、天神族の証か。

彼は、声を張り上げた。

「饒速日殿は、玉垣の内国の様子をご覧になりたいとか。よろしければ、ご案内しましょう。私共の屋敷へおいでください」

長髄彦が大将軍を務めていることは、海人族からも聞いている。彼は若く、とても悪人には見えない。気後れと戦っているようにさえ見える。

饒速日は、素直に応じた。

「それは、ありがたい」

翌日、饒速日の一行は、長彦一家が暮らす鳥見の屋敷を訪れた。

「当主の長彦です。遠い所から、ようこそ来られました」

丁重に出迎えた長彦は、七十歳を過ぎている。微かな声の震えも、ややぎこちない物腰も、客人達に警戒心を抱かせない。長彦の後に従って、一行は広間へと進んで行く。宴席の采配をしていた長髄彦は、彼等の姿を目で追った。

長髄彦に気づき、穏やかに微笑み会釈する、高貴な男達。つられて頭を下げながら、彼の胸に新しい考えが浮かんだ。

長髄彦は広間を離れ、五歳年下の妹三炊屋姫を探す。姫は、侍女とともに、屋敷の一番奥の部屋にいた。

「姫、客人だ。何故、こんな所にいる」

三炊屋姫は、答える。

「お父様から、ここにいるように言われました」

「何を言う。大事なお客様だ。お前が出てこないでどうする」

「でも、お父様が……」

長髄彦は、にこやかに言った。

「高天原からのお客様だぞ。天君の息子さんだ。綺麗な服を着ているぞ。この辺りでは、見たことがないような豪華さだ」

三炊屋姫の顔が輝く。

「お兄様、そんなに綺麗な服なの？」

「そうだ。父上は、お前が欲しがると困るから、見ないように言われたのだ」

「私は、欲しがらない。でも、見てみたい」

「そうだろう。さあ、おいで。私が連れて行こう」

長髄彦は三炊屋姫の手を取り広間に戻ると、まっすぐに饒速日の隣に連れて行った。

「饒速日殿、妹の三炊屋姫です。慣れない土地で、何かとご不自由されるでしょう。この姫がお世話をいたします。なんなりと、お申しつけください」

そして、妹に言った。

「姫、お客様に御酒を差し上げなさい」

その様子に気づいた長彦が、慌てて近づいてくる。その進路に、息子が立ちふさがった。

「長髄彦、どういうつもりだ」

「父上、姫が高天原の服を見てみたいと言ったのです。よいではありませんか」

それから、三炊屋姫は、饒速日の世話をするようになった。姫は、まだ十代である。長髄彦が意図するところは感じていたが、愛らしい姫のかいがいしい姿に、饒速日も心を許し、長彦の屋敷に滞在するようになった。

「父上、饒速日殿と、わが妹三炊屋姫との婚姻を行いましょう」

長髄彦の言葉に、長彦は顔色を変える。

「お前、何を考えているのだ」

「二人は、恋に落ちたのです。何もおかしなことはない」

長髄彦は、父の顔を見つめる。

「饒速日は、天孫の証の品を持っています。姫が産んだ子供が男ならば、天神のお墨付きを得た王子になります」

　長彦は、恐ろしいものを見るような顔で、息子を見返す。

「お前、まだ、そのようなことを言うのか」

「父上、私は、当たり前のことを言っているだけです。なぜ、そのような顔を」

「我等が祀ってきたのは、大物主の神。その神は今、三輪山におられる。その神を祀る者として選ばれたのは、事代主様だ。我等の役目は、大物主の神と事代主様を守ることなのだ」

　長彦は、言う。

「身の程を知れ！　高望みするな！」

「父上、私は、高望みはしていません。饒速日殿をご覧になったでしょう。高天原の次の天君と言っても、ただの高貴な男ではありませんか。我等と、どこが違うと言うのですか」

　長髄彦は、きっぱりと言った。

「私は、二人の婚姻を進めます」

饒速日も縁談を断ることはなかった。争うことなく、この地に天神族の足掛かりを作ることができるのだ。決して悪いことではないと思えた。長髄彦に勧められるまま、彼は三炊屋姫を娶り、三炊屋姫は、ほどなく懐妊した。

長髄彦は、父長彦に、姫の懐妊を報告する。

「父上、三炊屋姫が天孫の御子を産みます。これで我が一族も、王家の一員です」

饒速日と三炊屋姫は、長髄彦が手配した新しい屋敷で暮らし始めた。三炊屋姫のお腹が大きくなるにつれ、なぜか、饒速日の体調は悪くなっていく。長彦は、息子を問い詰めようとした。

「長髄彦、お前、まさか」

「まさか、何でしょうか」

長彦は、息子の目を見る。長髄彦は、父親の目を、まっすぐに見返した。

「お前、天孫に何かしていないだろうな」

「何をですか」

「大物主の神でさえ、譲られたのだ。天孫に害を与えたものは、歴史に逆賊として名を遺す」

長彦は、必死の表情で、息子を見据えた。

「長髄彦よ、父が言うことがわかるか。我等一族は、逆賊として、記憶されることになるのだぞ。わかっているのか」

「父上、何を恐れておいでですか。磯城の兄磯城（えしき）も、菟田の兄穿（エウガシ）も、主だった豪族の嫡男は、皆、私の味方です」

長彦の顔が引きつる。

「お前、そのような話を、他所（よそ）でもしているのか」

「事代主殿がひっそりとお暮らしなのは、我等の間では公然の秘密。事代主殿は、宗像の姫と大国主様の子。由緒正しい生まれではありますが、出雲の祭祀王の血を引いているわけではありません」

長髄彦の声に、力が入る。

「私は、違う。出雲の祭祀王の一族の血を受け継いでいる。我等は、登美の一族だ。妹もその血を引いている。天神族に遠慮する必要などありません」

長彦は、怯えた顔で、息子を見る。

「長髄彦、事代主殿は、神が選ばれたのだ。大物主の神が、出雲から三輪山に移られるときに、祭祀を行う者として、指名されたのだ。我等ではない。血は繋がっていなくても、出雲の祭祀王の地位を継ぐのは、事代主様なのだ」

「父上は、まだ、そのようなことを言われるのですか。事代主は、父上がいなければ、死んでいた。父上は、命の恩人。なぜ、そのように遠慮なさるのです」

「長髄彦、お前、まさか、事代主殿のことを、饒速日殿に話していないだろうな」

長髄彦は、平然と答える。

「まだ話していません。けれど、高天原に伝わったとしても、かまいません。社の近くに住む者達も知っている、公然の秘密。知られるのも、時間の問題でしょう」

「お前、何を言うのだ！」

饒速日は、次第にやつれ、顔色も悪くなっていく。息子である天香語山は、気が気ではない。

「父上、どう考えてもおかしい。この地を離れましょう」

「私はまだ、何の成果も得ていない。今ここを離れるわけにはいかない」

「しかし、これほど急に衰えるとは、普通ではありません」

涙を浮かべる息子に、饒速日は言う。

「もうすぐ、長髄彦殿の妹と私の子が生まれる。母親は異なるが、お前の兄弟だ。高天原と葦原中国を繋ぐ子供だ。私が逃げ出しては、意味がない」

「しかし、父上……」

饒速日は、息子の手を取った。

「私に万一のことがあり、お前が危険を感じたら、高尾張村を頼れ」

「最初に住んだ高尾張村ですか」

「そうだ。我等を高天原から運んでくれた海人族が住んでいる。お前の母親とは、縁続きだ。私は、三炊屋姫と長髄彦殿を信じたい。だが、もしものときには、お前が自分で判断せよ」

　饒速日は、息子の顔を見つめて言った。

「香語山、この地は、新しい天神族の国にふさわしい場所だ。お前がここに留まるならば、いつかニニギの子孫を助け、この地に天神族の国を建てておくれ」


　その後も饒速日の容態は悪くなる一方だった。

　そして、もうじき子供が生まれようという頃、彼は息を引き取った。

「大変です、長彦様！」

　鳥見の屋敷に、使いが駆け込む。

「どうした」

「饒速日様が、亡くなられました！」

　慌てて立ち上がろうとした瞬間、長彦の頭の中で、ぷつんと何かがはじけた。彼はふらつき、その場に倒れ込んだ。

　数日後、三炊屋姫は饒速日の子供を産む。子供は、男子だった。

長彦が倒れたと聞き、事代主は、密かに社を抜け出した。外出は控えるよう長彦に言われていたが、居てもたってもいられない。

「長彦」

枕元の声に、長彦は、はっと目を開けた。心配そうに覗き込む事代主の顔がある。三十代になっても、気高く美しい顔だ。

「事代主様」

「長彦、しっかりしておくれ」

「どうして、ここへ……」

事代主は、夜具の上からそっと長彦に触れる。その目には、涙が浮かんでいる。

「お前がいなくなったら、私は、どうやって生きていけばよいのだ」

「磯城彦様にお願いしています。大丈夫です。どうかご心配なさらず、お元気でお過ごしください」

「長彦、私を置いていかないでくれ」

自分の胴体に回されたか細い両腕を、長彦は思い出した。背中に押し付けられた、少年の額の感覚も。

「何を言われますか。大物主の神がおられる限り、きっと、事代主様には何かお役目があるのです。お身体を大切に、どうか、大物主の神と父上大国主様のことを信じて、お待ちください」

長彦がそこまで話した時、遠くから叫ぶ声が聞こえた。

「父上！」

長彦は、早口に言った。

「事代主様、早く社へお帰りください」

「長彦、急にどうした」

戸惑う事代主の問いに、長彦は答えない。

「父上！」

上機嫌な声とともに、どすどすと足音も近づいてくる。

「早く、こちらの方から」

声とは反対の方を、長彦は目で示す。

「あの声は、長髄彦殿では？　長髄彦殿が、どうかしたのか」

長彦の目に涙が溢れる。

「どうか、神がおられる社にお帰りください。どうか、お元気で」

言われるまま事代主が部屋を出ると、入れ違いに長髄彦が入ってきた。その顔は異様に紅潮している。

「父上！　男子です！　饒速日殿の遺言で、可美真手命（うましまでのみこと）と名付けました！」

長彦は、何も言わず、目を閉じる。

「やりました！　高天原の天君の孫、それも男子だ！　三炊屋姫、大手柄！」

手を打ちならし、足を踏みならし、興奮した声で息子が叫んでいる。その音を、その声を聞きながら、長彦の閉じた両目からは、涙が流れ続けた。


西暦二十二年、新羅で疫病が大流行する。隣接する高天原やその影響下の国々でも、戦々恐々の日々が続いた。

状況が落ち着き、息子からなんの連絡もないことを、忍穂耳が訝しく思い始めたときには、饒速日が高天原を発って三年が過ぎようとしていた。

「かつてのホヒ等と同じく、我が息子饒速日もまた、かの地に取り込まれ、祖国高天原や父親のことは、忘れてしまったのであろうか」

「調べさせましょうか」

家臣の言葉に、忍穂耳は頷く。

「そうしてくれ」

饒速日の様子を探らせに出した使者は、ひと月もたたずに帰ってきた。

「饒速日様は、既に亡くなられていました」

使者の報告に、忍穂耳は絶句した。

「ご病気だったとのことです」

ようやく言葉を発する。

「……香語山は、無事なのか」

「饒速日様は、玉垣の内国の大将軍、長髄彦の妹、三炊屋姫を娶り、御子が生まれる直前に亡くなられたそうです。長髄彦は、その御子、可美真手様を王に戴き国を治め、天香語山様は、身を引かれたそうです」

忍穂耳は、涙を流した。

「香語山が無事ならば、饒速日は殺されたわけではないのだな」

「病だったと言われています」

「我等が病に気を取られていたときに、息子が病に倒れていたとは。何故、誰も私に知らせなかったのだ。香語山は一人で、どんなに心細かったことだろう」

「香語山様は、海人族が住む高尾張村に移られました。筑紫にいる皇孫のために、ここに残ると言われたそうです」

忍穂耳は、嘆き続ける。

もう遅いのか。何もかも。天神族のため天君になりたいと願い続けた人生だったが、もう遅いのか。天神族も高天原も、すべて終わろうとしているのか。

西暦二十三年、王莽（おうもう）が、殺された。漢を奪い、新（しん）を建国してから十四年目のことだ。巨大反乱軍と共に王莽軍を撃破したのは、劉玄（りゅうげん）や劉秀（りゅうしゅう）達だ。彼等は、百六十年以上前に第六代皇帝を務めた漢の景帝の末裔である。

翌二十四年、劉玄が更始帝と名乗ったが、国政を維持することはできなかった。

そして二十五年。臣下に請われた劉秀が光武帝（こうぶてい）として即位し、漢を再興した。いわゆる「後漢」の始まりである。

この年、忍穂耳は逝去した。八十歳を過ぎたところだった。

次の天君を巡り、山神族の重臣達が会議を開いている。

「高天原の天君には、天神の血を引く男子しかなれない。喪に服するとの言い訳も、そろそろ限界だ。次の天君を発表しなければ」

「忍穂耳の二人の息子は死に、彼等の息子は、葦原中国にいる。誰を呼び戻すか」

「天香語山は、異母妹の穂屋姫（ほやひめ）を正妃にした。ニニギの息子達も、既に結婚している。山神族の娘を正妃にできるのは、幼子の可美真手くらいだ。この子を連れてくるか」

「可美真手の母親は、出雲の祭祀王一族の出身だ」

「幼子のうちに引き離せば、縁も切れる。そうと決まれば、早く連れてこよう」

そう話が決まりかけていた時だった。

「その必要はない！」

黙って聞いていた長老の毅然とした声が響き渡り、皆が一斉に顔を向ける。

「タカギの娘の正見(チョンギョン)を山神母とし、彼女の夫イビカを天君にする」

一同は、ざわついた。

「そんな！　天君の娘婿は、天君にはなれない！」

「イビカは、天君を名乗っているが、村の天君だ。天神族でないことは、皆知っている」

「どうやって、ごまかすのだ！」

再び、長老の声が轟く。

「騒ぐな！」

そして長老は、皆の顔を見回した。

「この度漢を再興し、皇帝を名乗っているのは、誰だ？　漢の皇帝の息子か？　孫か？」

思いがけない問いかけに、集まった重臣達は、互いに顔を見合わせ、もごもごと口ごもる。

「確かに、息子でも孫でもない。何代も前に分かれた分家の末裔だ」

長老は畳みかける。

「お前達に問う。そもそも、高天原は天神族の男子のものだと、誰が決めた？　答えてみよ」

誰も答えられない。

「ここは元々、我等山神族の国だ。我等の方が、先にいたのだ。天神族は後から来て、今、葦原中国へ去った。そんな天神族を、なぜまた呼び戻す？」

「それは、そうだが……」

戸惑う重臣達に、長老は重ねて問う。

「この二十年余り、天神族の天君がいてよかったと実感することがあったか？」

皆は、再び顔を見合わせる。

「特にない。何もなかった……」

「国家祭祀は確かに、天神族の仕事だ。だが、我等山神族の山神母も、常に祭祀を行っていたではないか」

「そうだ…」

「その通りだ…」

「我等に天神族の天君は、必要なかったのか……」

長老は、力を込める。

「実務を行い、実際に国を動かしてきたのは、我等山神族だ。遥か昔から、それは変わらない。皆の者、目を覚ませ！　今こそ、天神族の呪縛から逃れるときではないのか！」

「そうだ！　我等は、山神族だ！」

一人が立ち上がって叫ぶと、列席者の気持ちは一気に動いた。若干の違和感は残るものの、長年の二番手から主役に躍り出る喜びが、その違和感をも押し流す。

彼等は、叫ぶ。

「山神族、万歳！」

「山神族、万歳！」

そして、タカギの娘である正見が山神母となり、その夫イビカが、天君として即位した。天神族の男子が継承する掟は、破られたのである。


イビカ即位の知らせは、山幸彦達の下にも届いた。高天原の急変に、彼等は集まり、対応を協議せざるを得ない。

「こんなことは許されない！」

怒りのあまり、山幸彦は机を叩く。

「老翁殿、船を手配してください！」

だが、塩土老翁は首を横に振った。

「今、高天原へ近づくのは危険です。山神族は、勢いづいている」

「高天原が奪われてもよいのですか！」

いきり立つ弟に、海幸彦が、ぽそっと言う。

「山幸彦、俺達の使命は、高天原の天君になることか?」

「え?」

勢いをそがれた格好の山幸彦に、重ねて問いかける。

「葦原中国に、天神族が治める国を建てることではなかったか?」

塩土老翁も、賛同する。

「そうです。私の父も、若様達の父上も、そのために高天原を出たのです」

「しかし……」

なおも反論しようとする山幸彦に、塩土老翁は、言葉を選びながら切り出した。

「若様、葦原中国の東に『玉垣の内国』と呼ばれる所があります。五年程前、忍穂耳殿の長男、饒速日殿が訪ねられ、赤子を残して亡くなりました。息子の天香語山殿は、高天原に帰らず、近くの村に残っておいでです」

「何故ですか?」

山幸彦が問うと、塩土老翁は問いで返した。

「何故だと思われますか」

海幸彦が、答える。

「高天原に帰るより、玉垣の内国に残ることを選んだ。つまり、今の高天原は、そういう状況だということか」

塩土老翁が、頷く。

「そうです。そして、天香語山殿は、おそらく我等を待っている」

しばらく沈黙した後、山幸彦が尋ねた。

「そこは、どういう所なのですか」

「緑の山に囲まれた美しい所。出雲を譲った大物主の神が選ばれたという、国の中心にふさわしい所。今は、饒速日殿の忘れ形見の後見と称して、長髄彦という男が実権を握っています」

海幸彦は、大きく息を吐いた。

「俺達が目指すべき所は、高天原ではないな」

「今は、我慢の時です。高天原とて、山神族の支配で落ち着くとは思えない。我々は、ここで力を蓄え、機が熟すのを待ちましょう」

二人の言葉に考え込む弟に、海幸彦は言った。。

「ウガヤは、まだ子供だ。俺達が死んだら、誰が守る。お前が命をかけるのは、次の世代を育ててからだ」

それから二年後、十五歳になったウガヤは、育ててくれた叔母の玉依姫を妻にした。

二人の間には、四人の息子が生まれる。彦五瀬命（ひこいつせのみこと）、稲飯命（いなひのみこと）、三毛入野命（みけいりののみこと）、狭野尊（さののみこと）。

末子の狭野尊は、後の神武天皇である。

六　それぞれの東征前夜

西暦四十年。

後に「奈良盆地」と呼ばれる、玉垣の内国。その中核として、最も力を持っているのは、大物主の神を祀る三輪山を擁する「磯城」だ。今は、磯城彦の息子達、兄磯城（えしき）と弟磯城（おとしき）が統治している。

その磯城から南東の山に入ったところには、穿邑（ウガチ）を含む「菟田（ウダ）」がある。この地の当主は、兄穿（えうがし）と弟穿（おとうがし）の兄弟だ。

そして、玉垣の内国から生駒山地を北に越えた所、河内湾の北東の岸辺に、摂津の国、三島の地がある。この地を治める三島の溝橛耳（みぞくひみみ）には、玉櫛媛（たまくしひめ）という名の美しい娘がいた。

ある朝、起きて来た娘の様子がおかしいのに気づき、母親が尋ねた。

「玉櫛媛、どうかしましたか」

「おかしな夢を見たのです」

「どのような？」

「恥ずかしくて、とても口にできません」

母親がなおも問い詰めると、姫は、そっと打ち明けた。

「私は、溝に渡した厠で用を足していました。すると、流れ下ってきた何かが、いきなり私を下から突いたのです」

姫は、頬を染める。

「見ると、真っ赤な丹塗(にぬ)りの矢。それを持ち帰り、床の傍に置いて寝たところ、その矢が、麗しい殿方の姿に変わり……」

母親は、娘の手を取った。

「その殿方は、知っている方？」

「いいえ、知らない方です。気品に溢れ、どこかお寂しそうな、とても美しい方でした」

妻と娘の会話を聞いていた溝櫛耳が、口をはさんだ。彼はその日、玉垣の内国の兄磯城に呼ばれ、彼の屋敷を訪ねることになっていた。

「今朝そのような夢を見るとは、何かのお知らせかもしれぬ。姫、私はこれから、磯城に行く。お前も一緒に来なさい」

そして、急いで支度をした娘を連れ、溝櫛耳は玉垣の内国へと向かう。

とは言え、特に深い考えがあったわけではない。兄磯城が自分を呼んだ理由は、見当がつく。長髄彦の支配下に入るよう、明確な返答を求めているのだ。彼自身、まだ迷う部分もあり、本当は行きたくない。だが、行かずに敵とみなされても困る。可愛い娘でも一緒にいれば、少しは気が紛れるか、そんな思いもあった。

兄磯城の屋敷に着くと、弟の弟磯城、菟田の兄穿、弟穿もいた。兄穿は、兄磯城と同様、長髄彦の支持者だ。

挨拶もそこそこに兄磯城は、弟磯城、弟穿、そして溝橛耳に詰め寄った。

「長髄彦殿を支持しなくて、どうする。可美真手(うましまで)殿は、高天原の前の天君の孫。長髄彦殿は、大物主の神を祀ってきた登美族の出。何を迷う必要がある」

「長髄彦殿は、確かに大将軍だが、武人に過ぎない。そのような人物を戴いて、神は我々を守って下さるだろうか」

溝橛耳が懸念を打ち明けると、弟磯城も遠慮がちに言う。

「それに三輪山の大物主の神を祀っているのは、本当は長髄彦殿ではなく、亡くなったことになっている出雲の事代主殿では……」

「長髄彦殿には、天孫饒速日殿を毒殺したとの噂もある」

弟穿が一言付け加えると、兄穿は顔色を変えた。

「お前達、そのような話をして、ただですむと思うか！」

溝橛耳が、兄磯城と兄穿をなだめる。

「我々は、ただ、自分達の国を守りたい。神の意向がどちらにあるのか、知りたいだけなのだ。長髄彦殿を認めていないわけではない」

難しそうな男達の話は、続く。待ちくたびれた玉櫛媛は、そっと表へ出てみた。外の風は心地よい。

食事を運ぶ者がいる。誰か世話が必要な年寄りでもいるのだろうか。見ると、痛そうに脚を引きずっている。膳を入れた籠を水平に保つのも難しそうだ。

「脚をどうしたの？」

「そこで今、くじいてしまいました」

姫は、にっこり笑った。

「私が代わりに届けましょう。どこへ持って行くの？」

「三輪山の麓の社です」

事代主も、五十歳を過ぎた。四十数年前、出雲の海に身を投げ、この三輪山の麓の社に籠ったときに、夢も希望も捨てた。長彦も磯城彦も亡くなり、昔の自分を知る者もいなくなった。ただ、父大国主の冥福と、葦原中国の人々の平穏だけを祈って、生き続けている。

輝くような若さは、とうに失われた。かといって、老いの影もまだ感じられない。事代主は、世捨て人のような静逸に満ちた、美しい大人の男になっていた。

風が変わろうとしている。

「事代主よ」

風の中から声が聞こえた。事代主は、はっと顔を上げ、耳を澄ます。

声は、再度、呼びかけた。

「事代主」

その声は、懐かしい父大国主の声であり、同時に神の声だった。

事代主は、震える声で答えた。

「お呼びでしょうか」

声は、続ける。

「時が来た。社の外に出て見よ」

事代主は、扉を開き、社の外に出てみた。

庭から立ち去ろうとしていた一人の乙女が、振り向く。美しい清らかな乙女だ。彼女は、事代主に気づき、あっ、と小さく声をあげた。

濡れ縁に膳が置いてあるのを見て、事代主は、乙女に尋ねる。

「私の食事を、持ってきてくれたのか」

「はい」

乙女は、澄んだ美しい瞳で、事代主の顔を、じっと見つめている。

「始めて見る顔のようだが」

「三島の溝橛耳の娘、玉櫛媛と申します」

その身体は、微かに震えている。

「私が、怖いのか」

事代主は、尋ねた。

「いいえ」

「震えているではないか」

乙女は、言った。

「私は、あなた様にお会いしました。夢で、お会いしました」

そして、事代主の顔を見つめ続けている。

事代主の心の奥に、何か小さな灯がぽっとともった。彼の口から、言葉がこぼれた。

「私が食事を摂るまで、傍にいてくれないか」

「はい」

乙女は頷き、事代主の傍に座る。けれども、事代主は、食事に手をつけなかった。

何故か、事代主の手も震えて、箸が持てない。彼は、膳を押しやり、乙女の肩にそっと手をかけた。娘の身体は、そのまま素直に引き寄せられ、事代主の胸元に納まる。

その柔らかく暖かな身体。事代主は、大切な卵を抱く鳥のように、そっと彼女を抱きしめる。

その時、圧倒的な幸福感が、事代主の身体に押し寄せた。眠っていた心臓が、再び鼓動を始める。八歳で止まっていた時が、再び流れ始めたのだ。

磯城の屋敷に滞在する溝樴耳は、娘が夜な夜な忍び出ているのに気づいた。皆が寝静まるのを待って、そっと外に出かけている。

溝樴耳は、従者を連れ、密かに後をつける。月明かりの道を、娘は進んで行く。家が途切れた所に待っているのは、すらりとした姿の一人の男だ。

姫は、駆け寄り、二人は固く抱き合う。

「何者だ！」

溝樴耳の声に、二人は、抱き合ったまま顔を向けた。男は若くはない。だが、不思議なほど清らかな気が溢れている。

「お父様！」

「お前は、夜な夜な何をしているのだ！」

そして、男にも問う。

「あなたは一体、何者だ！」

男は黙って溝樴耳の顔を見つめ、それから静かに口を開く。

「私は、大国主と宗像の姫の息子、事代主だ」

溝樴耳も従者も、過去の亡霊に出会ったような錯覚に陥り、一瞬言葉を失う。

「では、生きておられるという噂は、本当だったのか……」

溝樴耳は、娘を胸に抱く事代主の姿を見直す。確かに、若くはない。自分より年上だろう。けれど、これほど端正で美しい男は、見たことがない。

姫は、事代主にすがったまま、父親に言う。

「お父様、夢で見たのは、この方です！　神様が会わせてくださったのは、この方です！」

どうする。

溝樴耳の頭の中は、忙しく回っている。長髄彦に知られたら、どうなることか。

しかし、月明かりに照らされた二人の姿は、あまりに美しい。神に守られているとしか思えない。溝橛耳は、自分の直感を信じることにした。

「お知らせだと言ったのは、確かに私だ。やむを得ぬ。私も覚悟を決めよう」

長髄彦と敵対するつもりはない。だが、これはおそらく、大物主の神のお告げだ。素直に従うしかないではないか。

二人はそのまま一緒に暮らし始め、翌年には、姫君が誕生した。

磯城の社で生まれた美しい赤子は、媛蹈鞴五十鈴媛（ひめたたらいすずひめ）と名付けられた。彼女は、後の神武皇后である。


西暦四十二年。

山神母正見（チョンギョン）と天君イビカの支配が続く加羅では、落ち着かない日々が続いている。

元々、加羅の村々は、それぞれ自治を行っていた。天神族の天君は、祭祀王として倭人の村を取りまとめ、その実務を山神族が行っていたに過ぎない。イビカは天君タカギの庶子だと山神族は主張しているが、誰も本気にはしていない。タカギの息子であるならば、忍穂耳が即位する前に、何故名乗りでなかったのか。

締め付けを強める山神族への反発が強まるのは、当然の流れであった。

加羅の動きを受け、筑紫の倭奴国（わどこく）連合でも、活発な議論が交わされている。倭奴国連合は、イト国をはじめとする倭人諸国の結束がさらに強まったもの。統率しているのは、スサノオの息子大歳（おおとし）と、妻の伊怒姫（いぬひめ）だ。

「高天原は、もう終わりだ。山神族では、国をまとめるのは無理だ」

一人が切り出すと、次々に意見が出る。

「山神母の正見は、息子二人に加羅を与えるつもりらしい」

「加羅の人々は、拘束が少ない天神族の統治に馴染んでいる。山神族による締め付けは、受け入れ難いだろう」

「俺達は、どうする。奴等を統治者として認めるか？」

筑紫の男達は、堅苦しいことが苦手。次第に自由に話し出す。

「山神族も、倭人の名家ではある」

「天神族は、倭人で最も歴史ある由緒正しい名家。これは、認める。だが、山神族は、俺達とたいして変わらん。伽耶山の麓の一豪族だ」

「どうせ、俺達は庶民よ」

「うまいもの食って、うまい酒飲んで、楽しく暮らすのが一番だ」

「好きな女とな！」

どっと笑い声があがる。

様子を見ていた将軍の一人が、あきれたように言う。

「そんな風だから、高句麗や新羅の王族にバカにされるのだ。奴等は、我等のことを、『倭奴（いぬ）』と呼んで、笑っているそうだ」

「犬だと！」

急にいきり立つ男達の頭上に、笑い声が響き渡った。豊かで朗らかな女性の声。

「犬で、結構！」

力強い声の主は、伊怒姫だ。

「姫、姫様のことでは……」

伊怒姫は、おかしそうに笑っている。

「犬で結構。私も、この国も。犬は、神の使いだ。賢く、群れを維持する能力もある。うまいものが好きで、何が悪い。私は、犬姫。我等は、犬国だ」

重臣達も、笑い出す。

「姫様の言う通りだ。犬で結構！　我等が犬なら、山神族など、ちび犬だ」

筑紫の倭人達は、陽気だ。美味い物や酒が好き。歌や踊りも大好きで、すぐにお祭騒ぎになる。ウォーン、と声をあげてみせる者がいる。ワンワンと、犬の鳴きまねで応える者がいる。中腰になって尻を振り、尾を振るまねをする者、舌を出し、ペロリと嘗める真似をする者。その場は笑いに包まれた。

伊怒姫が、立ち上がった。

「天神族だからこそ、我等は遠慮していたのだ。天神族が治めぬ高天原に、なんの遠慮がいろうか」

「そうだ！」

並みいる者達が、呼応する。

「かの地も、我等と同じ、ただの倭人の国。犬の国。犬の加羅国、狗耶韓国だ」

「そうだ、狗耶韓国だ！」

西暦四十四年。

後に宮崎と呼ばれる、日向の地。山幸彦の屋敷に、天神族の男達が集まっている。ウガヤの四人の王子達も成長した。末子の狭野も、十五歳になる。

山幸彦は、五十歳に近い。霧島の麓を根拠地とした彼は、吾田を守り、さらに東の日向へと領土を広げた。白髪が混じり始めた髪、陽に焼けた逞しい身体。彼の腹部には、深く刺さった矢じりが残り、時折高熱と激痛をもたらす。

海幸彦も満身創痍だ。天神族のために全力で戦い続け、顔にも大きな傷跡がある。脚を引きずる彼に寄り添うのは、息子の小椅君だ。

山幸彦は、皆に告げる。

「高天原を失って、二十年。狭野も成人を迎える。我等も動き出す時が来た」

八十歳を過ぎた塩土老翁が、ゆっくりと語り始める。

「五十年前、海を渡って来られたニニギ殿を、この地にお引き止めしたのは、お命を守るため。ここは、本来の目的地ではない。目指すべきは、葦原中国を統治するのに相応しい場所。青き山々に囲まれた美しい土地、大物主の神が選ばれ、ニニギ殿の兄上、饒速日殿が降臨された、玉垣の内国だ」

老翁は、息を継いだ。

「だが、その国は今、長髄彦という男に牛耳られている。饒速日殿の忘れ形見、可美真手殿の後見と称して、自ら権力を握っているのだ」

山幸彦が、続ける。

「長髄彦は、天神族を利用している。許すわけにはいかない。我等は、長髄彦を倒し、玉垣の内国を得て、天神族の大業を成し遂げる」

その時、海幸彦が口を開いた。

「狭野殿、小椅君の妹、吾平津媛も十三歳になる。この娘を娶ってもらいたい」

あまりに唐突な発言だ。だが、祖父山幸彦は、深く頷いている。

「待ってください。順番が違います。兄上達は三人とも、まだ結婚していません」

戸惑う狭野に、父ウガヤが追い打ちをかける。

「私も迷いが消えた。この縁談を受け、狭野を太子にする」

狭野は驚き、言葉が出ない。

「父上、彦五瀬兄上がいるではありませんか！」

二人の兄達が異議を申し立て、狭野も慌てて、叫んだ。

「私は末弟です。太子になど成れません！」

だが、長兄である彦五瀬は、少しも動じていない。

「狭野よ、遠慮はいらぬ。よい話ではないか」

その声に、皮肉な響きは一切ない。動揺する末弟に向けられた視線は、優しく穏やかだ。彼は、祖父山幸彦の方に向き直った。

「祖父殿、我等の北には、強大な倭奴国連合があります。ニニギ殿が吾田に来たのは、倭人諸国との争いを避けるためでしょうか」

「そうだ。我等も何度か戦ったが、倭奴国は、強い。彼等も倭人ではあるが、すでに独自の歴史を築き、国力も充実している」

海幸彦が、相槌を打つ。

「奴等と戦うには、相討ちの覚悟が必要だ」

彦五瀬は、塩土老翁に問う。

「老翁殿、この日向の海岸を北上しても、葦原中国の内海に繋がり、玉垣の内国へ行けると聞きましたが、本当ですか」

「途中の港が使えれば、間違いなく行けるでしょう」

すると、彦五瀬は、意を決したように切り出した。

「父上、狭野を太子にしていただき、私も決断できます。私は、この地を離れます。海岸に沿って北上し、倭奴国を通らず、東へ行く内海に入る。我等の大業を果たすには、その経路を確保するしかありません」

海幸彦が、驚いた顔で言う。

「確かに。言われてみれば、それが一番現実的だ！」

山幸彦もウガヤも、大きく頷く。

「兄上、私が行きます！」

次男の稲飯が声を上げると、彦五瀬は言った。

「お前一人に行かせぬ。三毛入野、お前も来い。これは、我等兄弟三人の仕事だ。我等は、倭奴国の東側を手に入れる。無用な争いを避け、味方を増やし、いずれ、内海を東へと進み、玉垣の内国を手に入れるのだ」

三男の三毛入野は、右の拳を胸に当て、承諾の意を表す。

「兄上、私も行きます！」

狭野も叫んだが、その申し出は断られた。

「狭野よ、お前は、吾平津姫と家族を作り、父上の下で国の統治を学べ。天神族の血筋を守り、新しい国作りに備えよ」

「しかし……」

「我等は今、決断の時を迎えている。老翁殿の豊かな知恵、祖父殿と大伯父上の経験と力、我々兄弟の結束。そして、父上と狭野。今が最大の好機だ。迷っている暇はない」

力強い彦五瀬の言葉に、塩土老翁は、涙をぬぐった。

「なんと頼もしいことだろう。この立派な王子を見ることができ、私は本当に幸せ者だ。私の父、そしてニニギ殿の思いを叶える日が、ようやく近づいてきた」

　山幸彦の目にも、涙が浮かんでいる。

「彦五瀬よ、お前の言う通りだ。我々に必要なのは、全力を尽くす覚悟だ。天神族の神威だけで国が守れるというのは、愚かな幻想だった。軍や組織の力を軽く見、国を治めることを怠ったため、高天原を失ったのだ」

　そして、一同を見渡した。

「同じ轍は踏まぬ！　我等は必ず大業を成し遂げる！　天神族の男達よ、戦いを恐れるな！」

　祖父の熱い叫びに、彦五瀬の顔にも血が上る。

　彼は立ち上がり、叫んだ。

「我等の父は、天神族。我等の母は、海神族。このまま、西の辺で朽ち果ててなるものか！」

　稲飯と三毛入野も、拳を高く突き上げる。

　狭野は部屋を抜け出し、大きく息を吸った。息が苦しい。胸が締め付けられるようだ。皆、一体どうしたというのだ。

私が、太子？　三人の兄達を差し置いて？


それから二年。

彦五瀬は、自ら宣言した通り、二人の弟とともに、日向から東海岸を北上し、勢力を広げている。倭奴国連合から山脈を越えた東側だ。簡単な都を築き、地盤を固めては、さらに北へ進む。文武両道に優れた三人組は、最強だ。向かうところ、敵はない。

狭野は、吾平津媛を妻に迎え、佐土原の地に屋敷を構える。息子も生まれ、手研耳（たぎしみみ）と名付けた。今、吾平津媛のお腹には、二人目がいる。

兄達からは、次々に成果の知らせが届く。狭野は、彦五瀬からの最新の便りを読み終え、卓上に置いた。

「兄上からですか」

妹を訪ねてきていた小椅君の言葉に、狭野は頷く。

「今度は、どこからでしょう」

「安芸まで行ったようです」

「いよいよ葦原中国に入ったのですね」

「そのようです。旧出雲の勢力とも戦いながら、東へ進んでいる。安芸を味方につけたら、次は吉備だと書かれています」

「彦五瀬殿ならば、きっと成し遂げられることでしょう」

「三毛入野兄上は、筑紫に留まり、経路の確保に努めているそうです」

「今、倭奴国連合を率いている伊怒姫様の夫、大歳様は、スサノオ様の息子。我等とも縁続きだ。敵と決まった訳ではない」

狭野命は、ふと尋ねた。

「義兄上は、いつか私が、吾平津媛を残し、この地を離れてもよいと思われますか」

小椅君は、狭野命の目を見る。

「狭野殿は、天神族の大業を成すべき方。私の父は、大業のために身を引き、隼人になった。豊玉姫殿は、皇孫を守るため、一人で対馬に帰られた。皆、天神族の大業が果たされることを望んでいる。妹とて、例外ではない」

翌朝、狭野は、馬を出しながら、吾平津媛に声をかけた。

「小椅殿を送ってくる」

吾平津媛が、手研耳の手を引いて、夫の後を追う。

「私達も、一緒に参ります」

その帰り道、親子は、海辺にいた。

どこまでもまっすぐに続く白い砂浜。遥か水平線まで見渡せる、青い海。

「ああ、なんと美しい所だろう」

狭野命の言葉に、吾平津媛が、微笑む。

幼い息子が、引く波を追っては、白い波頭に追われて、はしゃぎながら逃げてくる。

むくむくとした愛らしい姿で。

「手研耳」

妻が笑いながら、息子の名を呼ぶ。息子は、振り向き、にっこり笑う。

狭野は、空を仰ぎ見た。明るい青空。太陽が眩しい。

兄達は、命をかけ、新しい国のために動いている。その日はきっと、少しずつ確実に近づいている。私は、こんな美しい土地を離れ、いつか、東の地へ行き、新しい国を築くのだろうか。

これほど平和な光景と妻を捨て、命がけで戦うために。

天神族の大業を果たすために。

『倭の国から日本へ』登場人物について

記紀の世界をご紹介する物語、『倭の国から日本へ』。家系図上の人物は、原則として『古事記』『日本書紀』の記載に基づいています。

記紀との相違点（著者の考察部分）の主なものは、以下のとおりです。

1．「高皇産霊（タカミムスヒ）」は最高位を表す名称と考え、タカミムスヒ、ヨロズ、太子、タカギ（太字）の四代に分けました。位の名称は「天君」としました。なお、『古事記』に、「高木神は、高御産巣日神の別名」と書かれています。
2．イザナギとイザナミの子供については、記紀ともに、多数の名前が出ており、その中から選択しました。三貴子（天照大神・月読尊・素戔嗚尊）が夫妻の子であること、塩土老翁がイザナギの子であることは、『日本書紀』に記されています。
3．「ワタツミ」は、「海の神」であり、海神族の当主であり、個人名でもある、と解釈しました。豊玉姫の父親は、海神（ワタツミ）とされ、『日本書紀』に「豊玉彦」という名が出ています。本書では、対馬王の姫と（イザナギの子の）ワタツミの息子という想定です。
4．吾田の吾平津媛は、小椅君の妹です。海幸彦について、「火闌降命は、吾田君小橋等の本祖」との記述が『日本書紀』にあります。兄妹の「父」としたのは、著者の解釈によります。
5．天君の正妃、イザナギの母、長髄彦の父、正見、イビカは、家系図に入れていますが、記紀には登場しません。
6．正見は、高霊加羅と金海加羅の創始者兄弟の母とされている、伽耶山の女神、正見母主がモデルです。「山神族」という名称や、彼女を天君タカギの娘としたことは、著者の創作（推定）です。

参考文献等

『日本書紀』『古事記』『先代旧事本紀』『風土記』『三国史記』『三国遺事』『魏志』「倭人伝」他　多くの著作、記事、展示等

家系図

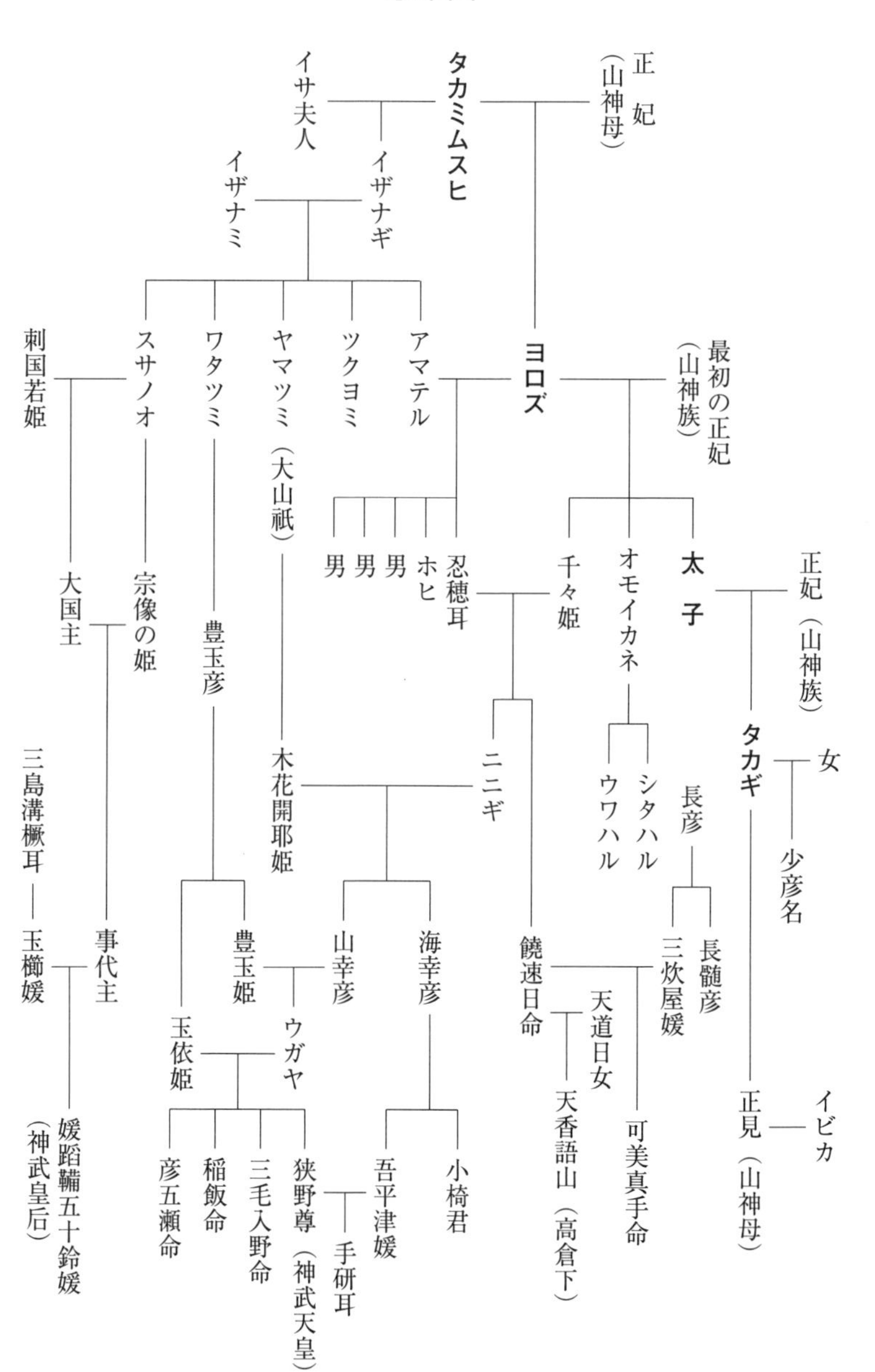

正妃（山神母）
タカミムスヒ
イサ夫人
イザナギ
イザナミ
アマテル
ツクヨミ
ヤマツミ（大山祇）
ワタツミ
スサノオ
刺国若姫
ヨロズ
最初の正妃（山神族）
忍穂耳
ホヒ
男
男
男
太子
オモイカネ
千々姫
正妃（山神族）
タカギ
女
少彦名
大国主
宗像の姫
豊玉彦
木花開耶姫
ニニギ
シタハル
ウワハル
長彦
三島溝橛耳
事代主
玉櫛媛
豊玉姫
山幸彦
海幸彦
饒速日命
天道日女
三炊屋媛
長髄彦
玉依姫
ウガヤ
天香語山（高倉下）
可美真手命
正見（山神母）
イビカ
媛蹈鞴五十鈴媛（神武皇后）
彦五瀬命
稲飯命
三毛入野命
狭野尊（神武天皇）
手研耳
吾平津媛
小椅君

著者プロフィール
阿上 万寿子（あがみ ますこ）
1959年生まれ
福岡県出身
九州大学法学部　卒業
奈良大学通信教育部　文学部文化財歴史学科　卒業
山口県在住
既刊書
『イザナギ・イザナミ　倭の国から日本へ 1』（2017年　文芸社）
『スサノオ　倭の国から日本へ 2』（2018年　文芸社）
『大国主と国譲り　倭の国から日本へ 3』（2018年　文芸社）

天孫降臨の時代　倭の国から日本へ　4

2018年12月15日　初版第1刷発行

著　者　阿上 万寿子
発行者　瓜谷 綱延
発行所　株式会社文芸社
〒160-0022　東京都新宿区新宿1－10－1
電話　03-5369-3060（代表）
03-5369-2299（販売）

印刷所　株式会社エーヴィスシステムズ

ISBN978-4-286-19708-1